U0045772
Alderamin on the Sky
發條精靈戰記
天鏡的極北之星
4
宇野朴人 …Uno Bokuto
…Illustration さんば挿
Kadokawa Fantastic Novels

『我以為位居帝國軍
領導階層的諸位，
都是些更加謙虛而且
也很賢明的人物——』

◇托里斯奈・伊桑馬

卡托瓦納帝國宰相。身為最高地位的文官，意圖掌握帝國的實權。是個不會顯露出真正想法，讓人感到不快的男子。

◇索爾維納雷斯・伊格塞姆
卡托瓦納帝國軍元帥，雅特麗的父親。對皇室具備極高忠誠心，比其他人更嚴格要求軍隊中的規律。
◇泰爾辛哈・雷米翁
卡托瓦納帝國陸軍上將，托爾威的父親。平常講究邏輯又冷靜，然而有時候也會爆發出激烈的感情。

『老實說，我完全沒有自信呢。』
『那……那個……請不要一直看，會讓人很不好意思……』

「輪到假扮成娼妓的
妳們兩個上場了。」

『現在連我也知道，
所謂夜襲
其實是要做什麼。』

「喂！別慢吞吞的，胖子！
給我更俐落點行動！
這個遲鈍的蠢貨！」
◈波爾蜜紐耶．尤爾古斯
帝國海軍一等海尉。耶里涅芬．尤爾古斯海軍上將的姪女。雖然外表可愛，但在船上卻是……

Alderamin on the Sky

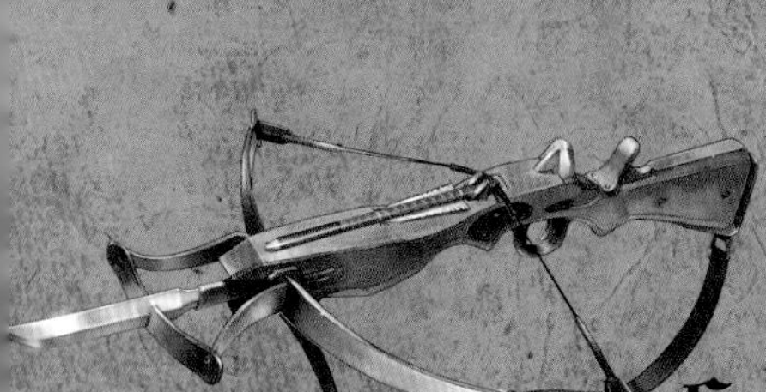

contents

Designed by AFTERGLOW

天鏡的極北之星

發條精靈戰記

Alderamin on the Sky

4

宇野朴人

Illustration さんば挿

Kadokawa Fantastic Novels

Alderamin on the Sky

Uno Bokuto Presents

登場人物

卡托瓦納帝國

伊庫塔・索羅克……本作的主角，在非自願的情況下成為軍人的怠惰少年。

雅特麗希諾・伊格塞姆……舊軍閥名家伊格塞姆家的女兒，近身白刃戰的實力可謂並世無雙。

托爾威・雷米翁……舊軍閥名家雷米翁家的兒子，擅長射擊。

馬修・泰德基利奇……體型微胖的平凡少年，對才華洋溢的同伴們抱有憧憬。

哈洛瑪・貝凱爾……身為醫護兵的女性，在一行人中是最有大姊姊風範的成員。

夏米優・奇朵拉・卡托沃瑪尼尼克……帝國的第三公主，將伊庫塔捲入某個宏大的企圖。

蘇雅・米特卡利夫……伊庫塔的女性副官，擁有比較感性的性格。

暹帕・薩扎路夫……伊庫塔等人的長官，平易近人又很照顧部下。

娜娜克・韃爾……山岳民族席納克族的頭目，歷經內亂後，決定和伊庫塔聯手。

塔姆茲庫茲庫・薩費達……北域鎮台司令長官，做出錯誤百出的指揮，導致帝國面臨危機。

齊歐卡共和國

約翰・亞爾奇涅庫斯……被頌揚為「不眠輝將」的齊歐卡名將，具備完全不需睡眠的特異體質。

米雅拉・銀……約翰的女性副官，擁有已滅亡的極東國家「亞波尼克」的血統。

塔茲尼亞特・哈朗……齊歐卡陸軍上尉，約翰的盟友。

米塔・肯席……哈朗的副官，體型袖珍的女性。

阿納萊・卡恩……把「科學」傳授給伊庫塔的老師，受到異端審問的迫害而逃離帝國。

拉・賽亞・阿爾德拉民

亞車嘉爾帕・薩・杜海夏……拉・賽亞・阿爾德拉民神聖軍上將，個性豪爽的男性。

「年幼的公主，妳生來不幸，而且可憐。」

男子以帶著憐憫的眼神望向少女，如此宣稱。或者該說，他的語氣十分肯定。

那人有著標準的體型，穿著深藍色的西裝外套和褲子。這款上等西服他擁有許多套相同的，必須以官員立場行動時總是以固定的穿著在公共場合現身——這男子就是這樣的人。對於隨時都以相同打扮出現在人民面前，臉上也持續掛著相同笑容的他，少女除了感到佩服，同時也心生畏懼。

「為什麼妳很不幸？如果要說明，是因為妳生為卡托瓦納帝國的皇族。在一個即將面臨滅亡的國家裡以高貴人士的身分出生……我認為沒有比這更悲慘的不幸。之所以這樣說，是因為這立場會帶來的恩澤早就被先人吞噬殆盡，僅剩那些放蕩行為的報應會落到妳身上，這就是妳註定的命運。」

平常會讓人民內心感到平靜和緩的親切笑容，只有在面對少女時會換上平靜的憐憫笑容。沒有怒吼也沒有斥責，每次見面時男子都只會一個勁地同情少女。對於這種促使他人內心墮落的方法，他已經透徹了解。

「其次，為什麼妳很可憐？這是因為在齊歐卡的土地上長大，讓妳已經獲得足以理解自身境遇的聰明才智。妳的腦袋非常優秀，正因為如此，若是在正確答案後碰到錯誤，妳必然會察覺。妳已經無法不注意到祖國的腐敗。只有無知有可能拯救妳，但這份安寧早已被奪走。」

男子的發言並不帶刺，卻含有某種毒性。是那種緩慢而從容，要透過長期持續攝取來慢慢累積的毒素。這毒素成年累月地侵蝕少女的思考，扭曲她的價值觀，緩慢但確實地逐漸剝奪少女未來應有的幅度。

「帝國的內閣似乎是打算把妳放在這邊作為政略上的人質，不過我並沒有那種意思。在滯留於本國的期間，我首先要給妳身為來訪者的自由。妳可以前往有興趣的地點參觀，和喜歡的人們互相交流，盡情拓展見聞。如果妳希望會派人導覽，但不會由我方主動強制推銷，也不會規定妳前往之處的人們必須歡迎妳。我不打算為了表現出『這裡是一個好國家』，而去做出那麼麻煩的事情。理由很簡單，因為只要讓妳看到實際的情況，連猴子都能理解這裡是遠比帝國正常的國家。」

大範圍的束縛和小地方的自由。要讓人成為被操縱的傀儡時，會使用到這兩種道具。然而，男子卻喜歡相反的做法——大範圍的自由和小地方的束縛。乍看之下這甚至像是健全的教育，然而成為其成果的人，卻會擁有遠比沒有自我意志的傀儡更凶惡不祥的仿造意志。

「但是妳千萬不能忘記，再怎麼說妳都是異鄉人。無論經歷過多長的歲月，齊歐卡都絕對不會把妳視為能接納的一份子。為了讓妳不要忘記這點，只要有機會，妳一定要回去帝國。只有在已經認識齊歐卡的情況下回到國內，妳才能真正看清帝國，也將會充分領會皇室至今為止做過的所有行徑，以及無止境的徒勞吧。」

少女終於無法繼續承受，用雙手摀住自己的耳朵。然而她還是無法逃離。男子的聲音輕易穿過她的手掌，以簡直要逼人發狂的音量在她的腦中迴響。

「妳該承認，公主——妳的血天生就已經腐敗。」

男子的笑容完全扭曲，原本是一片空白的周圍情景開始變化。整個視野範圍幾乎都被大量飢餓消瘦的人們占滿。他們充血的雙眼都朝向同一處，嘴裡大叫著什麼。少女聽不到聲音，但起碼明白他們正在求救。

這時，她突然發現自己手裡拿著一碗粥。這樣至少能夠暫解一個人的飢餓——抱著這種想法的少女觀望四周，發現在群眾當中有一名特別顯眼，懷中抱著幼兒的母親身影。已經有聞到死臭的蒼蠅開始糾纏因為飢餓而極為衰弱的小孩，看到這情景，少女毫無猶豫地衝向母子身邊。

把這個給孩子吃吧——少女說著並想把碗遞給那個母親，然而對方卻完全不理會少女，像是什麼都沒聽到。少女心中愈來愈焦躁，求求妳把這個給孩子吃吧，再這樣下去會死啊。在變成那樣之前，拜託讓我可以救那孩子——！

在少女抱著拚死決心抓住對方的那瞬間，碗裡的粥撒向空中。是那母親揮動手臂打飛了碗。一人份的救贖在少女眼前落向已經乾裂的地面，她半瘋狂地伸出手想要挽救，然而反蓋在地上的碗下面已經只剩乾涸的砂礫。

伴隨著不成聲的淒厲叫喊，周圍的情景再度改變。少女回神時，才注意到自己孤獨地站在一個漆黑的場所裡。受到寂寞與不安折磨的她茫然徘徊，突然發現黑暗的一隅有著發出朦朧光芒的空間。在那空間的中心，站著讓少女感到無限懷念的黑髮少年。

索羅克！——她呼喚著少年的名字，不顧一切地跑向對方。距離似乎很近卻又很遠，即使她跑到上氣不接下氣也沒能到達發光處。但是少女並沒有放棄，因為她明白那是最後的救贖。也明白要是錯過這次，自己就真的再也無法前往任何地方。

到底過了多久呢？在少女以全力奔馳到手腳幾乎快斷掉的過程中，不知何時周圍已經充滿光芒。終於到達希望之地的少女總算不再奔跑，邊調整呼吸邊一步步靠近黑髮少年。對方的頭垂得很低，從少女這邊無法看清最重要的表情。他是不是心情不好呢？少女抱著這種搞錯重點的不安，戰戰兢兢地把手伸向少年，少年也像是回應般地舉起雙手——

然後把握在手中的一把小刀深深刺進少女胸前。

失去力氣的身體以面朝上的姿勢往後倒下。即使如此，黑髮少年依然跨坐到少女身上，繼續揮動利刃。面對充滿憎恨且糾纏不休的攻擊，還有肉體被撕裂、內臟被翻攪的痛苦，少女卻在心中某處抱著理解的想法接受了一切。

被染紅的手虛弱地舉起，少女以顫抖的手指輕撫少年的臉頰。明明想要抱住對方表達感謝，然而確信自己根本沒有這種資格的想法卻仍舊烙印在內心深處——

「——下！殿下！您還好嗎？」

激烈的敲門聲讓深陷在睡眠中的意識回到現實。心臟還在狂跳，渾身上下的肌肉都發熱痙攣，像是才剛全力奔跑過。

呼——夏米優．奇朵拉．卡托沃瑪尼尼克第三公主重重吐出一口長氣，雖然持續受到這些夢境後遺症的影響，仍在床上撐起上半身。

「……沒什麼事，我只是講了些夢話而已。抱歉一大早就造成騷動。」

「啊……噢……如果是這樣那就好……您是否作了惡夢？」

站在房門外的護衛士兵如此提問後，公主在床上停止動作，暫時陷入思考。雖然她很清楚沒有必要這麼認真答覆，但不知為何，她卻對隨便回應的行為心生猶豫。

「那個……殿下……？真是非常抱歉，在下問了很奇怪的問題……」

苦惱的氣氛或許是傳到了門外，護衛的士兵以心虛的語氣表達歉意。夏米優殿下帶著苦笑搖了搖頭。

「……的確，到途中為止是場惡夢。但是我即使醒著，也會頻繁看到那一類光景。事到如今，還特別害怕根本是無濟於事。」

「啊……噢……？」

「而且——只有最後還不壞。那是漫長惡夢終於結束的夢……是救贖的夢。」

公主低聲這樣說道，在照入室內的陽光中瞇起眼睛，看向窗外——基地的建築物在朝陽照耀下形成長長的影子，上方還有野鳥群在青空中來來去去。和她的夢境相反，極為平穩的早晨光景正展現在眼前。

＊

——初期動員兵力，是帝國陸軍北域鎮台派出的一萬八千三百二十人。在平定席納克族發起的叛亂時，有三千七百四十四人陣亡，一千二百三十四人失蹤，重傷者超過五千人——大部分是因為滯留在高處而造成的健康惡化。

動亂爆發後過了三個月又十二天，拉．賽亞．阿爾德拉民神聖軍的一萬兩千人從北方來襲。應戰的北域鎮台從不到八千人的席納克討伐軍殘存兵力中選出一千八百人，編組成留置部隊。其中由暹帕．薩扎路夫上尉率領的一個營共六百人負責在最前線執行遲滯防禦任務，抗戰八天後撤退，把任務交接給在後方完成野戰工事的部隊。

撤退開始二十二天後，派往大阿拉法特拉山脈的北域鎮台所有兵力都完成撤退。到任務結束時，留置部隊產生三百七十二名陣亡者，三百四十四名失蹤者（推測其中包括人數相當多的俘虜），以及四百三十一名重傷者。之後，帝國軍在山脈南側的北域繼續防禦戰鬥。

北域動亂爆發後過了四個月又二十六天，中央派出的一萬名援軍抵達現場。拉．賽亞．阿爾德拉民神聖軍因此對北域沒有更進一步的侵略，盤踞在大阿拉法特拉山脈上的根據地威嚇帝國。帝國軍判斷目前奪回領土的勝算很薄弱，改為針對在山麓上架構起的防衛線進行強化。

戰線進入膠著狀態後過了二十八天，鑒於安定的狀況，解除一級警戒態勢。帝國接受國境後退的事實，在本日認定以卡托瓦納北域動亂為發端的一連串「北域方面戰役」暫時終結。

最終動員的兵力總數是——北域鎮台總軍力的二萬三千七百二十人，加上中央送出的援軍一萬人，累計三萬三千七百二十人整。

最終死傷者人數——陣亡者四千六百一十七人，失蹤者二千九十一人，重傷者七千一百七十六人。推定總陣亡者人數到達七千人。

備註——受到拉．賽亞．阿爾德拉民神聖軍侵略的影響，離開大阿拉法特拉山脈的席納克族產生超過四千名難民。當前的處置是在北域南端設置難民營並引導席納克族前往。基於和族長娜娜克．韃爾的契約，必須儘快在帝國內選定居住地。

「——諸位，這樣你們能明白嗎？以上就是我等在這場戰爭中所流失的鮮血。」

身穿立領軍服，身材修長的壯年軍官用手背敲打著剛剛宣讀的文件。一雙翠眼以犀利的眼光看過室內一圈。

「話雖如此，現在該特別議論的題目，是這次軍方重創的原因……」

卡托瓦納帝國陸軍上將泰爾辛哈．雷米翁那略為偏高的說話聲帶著彈劾的音調，在室內迴響著。

在這間雖說相當寬廣卻因為石牆而產生壓迫感的房間內，有一群人圍著一張大型桌子。包括上座的兩名高級將領，他們左側的三名中將以及一名宰相，右側的八名少將與四名證人，兩邊還各有三名書記官也一起列席。

而最下座，被四名手持風槍的士兵包圍的位置。有另一名人物從正面承受著高級將領們的視線，正在瑟瑟發抖。那就是擁有「北域鎮台司令長官」這頭銜的男人。

「首先來問問你自身的意見吧，塔姆茲庫茲庫．薩費達中將。」

一聽到自己被點名，被恣意生長的凌亂鬍鬚覆蓋的乾燥嘴唇立刻開始顫動。

「不……不是我的責任……」

「哦？」

「雖說不幸付出了慘痛的犧牲，但那也是我盡了身為鎮台司令長官的職責後產生的結果吧！對於我等帝國人民來說，席納克族正是獅子身上的跳蚤，遲早都必須驅除的害蟲！我只不過是主動接下了這個任務！」

聽到這完全不認為自己有錯的主張，雷米翁上將的翠眼露出明顯的侮蔑神色。

「……你身為北域鎮台司令長官，被賦予的任務是維持北域全體的治安。你對這點應該沒有異議吧？」

「那……那當然……」

「你剛剛說自己有達成這個職責？讓自軍出現高達七千名的死者，還製造出數量不在這之下的席納克屍首後，你還有臉宣稱自己成功維持了北域的治安嗎？」

雷米翁上將把視線從啞口無言的薩費達中將身上移開，轉而看向並排坐在他右側的四名低階軍官。

「看來中將對於只看結果就指責他的做法感到不服，那麼我們就來試著追溯原因吧。畢竟是為了這點才把你們這些證人找來。」

「……是！我們已有準備，若有需要會回答所有質問。」

因為緊張而全身僵硬的薩扎路夫上尉回應。和戰場上的他相比，現在那張已經把鬍鬚全刮乾淨的臉給人年輕很多的印象。和他並排坐著的伊庫塔、雅特麗以及托爾威三人也一起對著雷米翁上將行注目禮。

「那麼就按順序提問吧，暹帕・薩扎路夫上尉。第一件事，席納克族為什麼會發動叛亂？」

「按照司令長官閣下的指示，北域長期以來都對席納克族採取鎮壓政策，例如增加稅收、限制商業買賣、沒收精靈等等。推測是這些高壓措施累積後的結果導致了這次的蜂起行動。」

「關於這些調度，每一項都不是軍人，而是官吏該負責的領域吧？」

「這是因為司令長官閣下和北域各州的高級官吏們關係非常良好。」

薩扎路夫上尉很乾脆地如此斷言。中將本人雖然在旁吼著「別鬼扯著一些抹黑！」但被雷米翁上將瞪了一眼之後也只能沉默。對話在不允許介入的情況下再度展開。

「換句話說，源自薩費達中將指示的席納克族鎮壓政策，就是導致這次動亂的根本性原因之一？這樣理解沒問題吧。」

確定四名證人全都同時點頭後，雷米翁上將進行下一個主題。

「很好。那麼，第二件事……從動亂爆發到平定席納克族為止，產生了三千名以上的陣亡者。造成損害如此嚴重的原因是？」

在薩扎路夫上尉的眼神示意下，雅特麗站了起來，開始以毅然的聲調敘述罪狀。

「由在下代替上尉回答。導致動員兵力的損害嚴重惡化的最大原因，在於運用兵力的基準戰略過於粗劣的事實。輕率進攻席納克族擁有地利的大阿拉法特拉山脈；制定彼此相隔遙遠的進軍路線，造成補給線弱化；還有一旦占領陣地後就不允許撤退的僵硬思考模式也增加了損害。但，最應該特別提出的部分，是欠缺對高山症的照應──」

薩費達中將對雅特麗流暢敘述的內容忍無可忍，開口大吼：

「閉……閉嘴！妳只不過是區區尉官！憑什麼以一副理解的態度評論戰略……！」

「中將，現在是我允許她發言，你認為自己有權力譴責這件事嗎？」

雷米翁上將先冷漠地警告中將，才繼續說道：

「而且，事實上就是因為有他們──你口中的『區區尉官』們挺身奮鬥，北域鎮台才能避免全滅的悲慘下場。我希望你千萬別忘記這一點……雅特麗希諾・伊格塞姆中尉，妳可以坐下了。」

讓雅特麗坐下後，雷米翁上將把視線移到黑髮少年身上。

「伊庫塔・索羅克中尉。第三件事情就問你吧──動亂後半，你們受到從北方越過大阿拉法特拉山脈的拉・賽亞・阿爾德拉民神聖軍襲擊。詳細經過又是如何呢？」

伊庫塔以有些提不起勁的表情起身，開始回答：

「──關於外交方面的原委，我並沒有立場置喙。但我能以現場目擊者的身分說明一些事。那就是……敵人──拉・賽亞・阿爾德拉民神聖軍是以譴責『北域鎮台對精靈的虐待行為』作為開啟這次戰端的正當理由。」

「根據你所見，你認為這指控是事實嗎？」

「如果是指戰場上的狀況，的確有發生失去紀律的友軍對席納克族的精靈做出不必要暴行的事件。那時我本人也參加了收拾事態的行動，因此可以確實證言。」

「那麼關於動亂發生前呢？」

「我目擊過從席納克族手中沒收來的火和風精靈被隔離在北域第一軍事基地的倉庫裡，擠得像是沙丁魚罐頭。而且由於日照不足，精靈們幾乎已經陷入行動不能的狀態。」

「嗯，這部分和薩扎路夫上尉的證言一致——薩費達中將，沒收精靈被指稱是你的指示，這是事實嗎？」

「我……我不清楚，不是我……！那是部下們獨斷的行動！」

看到他事到如今還想把責任轉嫁到他人身上，讓伊庫塔忍不住失笑。

「席納克族是獅子身上的跳蚤，必須驅逐的害蟲……哎呀，這是誰說過的話？」

「你這混帳！」

被激怒的中將想要起身。雷米翁上將先以視線制止他，才把那雙翠眼轉向伊庫塔。

「伊庫塔．索羅克中尉，注意不要擅自發言。再犯會要求你退場。」

「嗚……是，真是冒犯了。」

被雅特麗狠擰背後的少年表現出言不由衷的反省態度。雷米翁上將的視線從少年身上移開，在這時有一瞬掃向自己兒子的臉孔。然而這對翠眼並沒有停留，而是再度轉向薩費達中將。

「但是中將，你的發言的確欠缺一貫性。你先堅稱自己把席納克族視為害蟲並主動出面驅除，卻又主張沒收精靈是部下的獨斷獨行。這樣的說詞不可能在這場會議上強行獲得認同。」

中將仍然張開嘴試圖辯解，從四面八方完全包圍他的視線壓力卻封鎖了這個行動。別繼續暴露出更多醜態——高官們似乎是在如此無言暗示。

「那麼，來統整到此為止的情報吧。第一，關於席納克族發起叛亂的理由，現在確定原因是出自於薩費達中將主導的席納克鎮壓政策。第二，關於從動亂爆發到平定席納克族為止的嚴重損害，現在確定原因是出自於薩費達中將擬定的戰略過於拙劣。第三，關於拉．賽亞．阿爾德拉民神聖軍為何前來襲擊，現在確定原因是出自於薩費達中將推動的精靈虐待行為給予敵人可趁之機。」

當雷米翁上將的口氣切換成斷定時，薩費達中將總算察覺——這根本已經不是軍事審判，高官們之間早就完成對事實的採證。若以這種角度來看，現在應該沒有必要再傳喚證人前來。

「毫無意義地虐待席納克族，無謂浪費士兵的寶貴生命，還因為欠缺思慮而招來敵人——這就是你做過的一切行為。」

有功必賞，有過必罰。要採用示範給全國觀看的形式，讓戰犯塔姆茲庫茲庫．薩費達明白自己的下場。而這場拐彎抹角的會議，完全只是為了這點才舉行。

「對於剛才敘述的罪狀，有異議者舉手發言。」

對於這充其量只不過是形式的確認動作，沒有任何人表示異議。在這場鬧劇中從頭到尾都負責擔任司儀的雷米翁上將接受這符合預期的沉默，看向坐在旁邊的另一名高階將領。

「元帥閣下，按照軍律，請您發表制裁。」

擁有一頭豎起炎髮的軍人點點頭，靜靜起身。超過六尺的高大身軀，彷彿拒絕一切累贅，宛如鋼鐵般歷經徹底鍛鍊的筋骨。即使在皇帝陛下面前，比雅特麗的武器還要大兩圈以上的軍刀和短劍也不曾離開過此人的腰間。

卡托瓦納帝國元帥索爾維納雷斯·伊格塞姆。然而，使用這名字稱呼他的人反而較少。因為除了講述歷史時，在這國家裡提到「元帥」就是指他這個人。

「從此時開始，解除塔姆茲庫茲庫·薩費達身為北域鎮台司令長官的職位。」

中將的牙齒顫得咯咯作響。這個元帥開口說話的行為，幾乎等於是把文字刻鏤在鐵上。

「階級降為二等兵，並剝奪所有勳章。薩費達家的財產除了基本俸以外全部沒收，用來賠償陣亡者的遺族或負傷者。」

只要是置身於軍籍的人，必定知道這是絕對無法推翻的最終決定。

「更進一步，塔姆茲庫茲庫·薩費達二等兵本人——」

也無法期待等於是規律化身的他，會做出帶有任何一絲溫情的判斷。正因為如此……

「——根據軍規，要視為最上級戰犯，處以槍決。」

宣告的瞬間，正當至極的絕望貫穿了滿心畏懼的罪人。

「不要啊啊啊啊啊啊啊啊啊！」

現在只能以區區士兵的身分等待被槍殺命運的塔姆茲庫茲庫·薩費達踢翻椅子站了起來，發出淒厲的慘叫聲。在他身邊固守的士兵們立刻湧上想要壓制他，但胡亂揮舞的手腳卻以異常強大的力量推開那些士兵。這一幕和瀕死動物表現出的最後抵抗極為相似。

「請大發慈悲！元帥閣下！上將閣下！還請兩位慈悲為懷！無論是階級、勳章和財產我都不要，但只有這條命！無論是要我當士兵還是清掃工都無所謂！所以求求您，請饒了我這條命！」

「判決已下。」

「不！我不想死！我不想死……！死……死是什麼？會很黑暗嗎？會很寒冷嗎？還是永久持續的靜寂？或者就像是那些神官所說，會按照生前的功德或惡行來決定去向？那麼我會落入地獄嗎！」

看到這醜態，覺得連瞧不起他都是在浪費時間的雷米翁上將伸手按住額頭。至於伊格塞姆元帥，對他剩下的興趣甚至低於路邊的石頭。

「有誰……哪個人救救我！誰都可以！誰都好……」

發現高階將領們堅守沉默後，尋求救贖的薩費達將眼神四處移動，不久之後看向坐在下首的舊部下們。

「……對……對了！如果是你們……！」

薩費達拖著壓制住自己手腳的士兵們往前走，以膝行接近伊庫塔等人。

「拜託！拜託你們！你們也幫忙陳情吧……！你們是英雄，毫無疑問是帝國的救世主！如果是你們的請求，元帥閣下也不會置之不理……！」

面對這不計一切形象的懇求，托爾威轉開視線，雅特麗堅守沉默，伊庫塔打了個呵欠揉揉眼睛。只有暹帕·薩扎路夫一個人以溫和的苦笑回應對話。

「……司令官閣下。雖然似乎已經不是了，但我還是這樣稱呼您吧……我啊，在這次的戰爭中曾經一次又一次聽到和您剛才相同的慘叫，有數不清的同袍們在和您相同的恐懼中失去性命。有些人留下家人，有些人留下戀人。無論是誰，都在這世上留下再也無法達成的遺憾……」

「是我不好！我會盡一切辦法償還罪過！所以……！」

「請不要這樣。像罪過或償還之類的問題太過困難，我這種人無法理解。我啊……只希望在這次的戰爭中身為長官的您，能夠盡到身為上位者的義務。」

依然帶著微笑的薩扎路夫上尉看著對方，繼續說道：

「關於在作戰行動中發生的事情，必須由下令者負起責任。這是連腦袋不好的我也很清楚的軍隊原則。所以啊，司令長官閣下……只有這點您萬不可逃避吧？既然正如元帥閣下所說，這個原則命令您去死……」

講到這邊，薩扎路夫上尉緩緩起身，深深一鞠躬。

「那麼拜託您——請好好去死吧……為了讓先走一步的同袍們能多些人前往天國，也為了讓晚一點死去的我們能落入稍微不那麼悲慘的地獄。」

薩費達啞口無言。在薩札路夫上尉沉穩的聲調中，蘊含著某種就連生死關頭的求饒行為都不禁因此停止的要素。甚至連那些輕視他充其量只是區區上尉的高官們都忍不住肅然起敬。

「夠了！帶他走！」

聽到雷米翁上將的命令，士兵們不再手下留情。他們不由分說地壓制住薩費達的手腳，堵住那張不死心想要再開口求饒的嘴，最後幾乎是以扛出去的形式把薩費達從房間裡帶走。

房門發出沉重聲響後關上，室內恢復寂靜。雷米翁上將緩緩開口：

「……帝國軍人塔姆茲庫茲庫．薩費達的軍事審判在此結束。接下來要繼續進行軍事會議，但只有暹帕．薩扎路夫上尉必須留下，其他證人可以退出……辛苦你們回應傳喚前來。」

上將的語氣似乎帶著歉意，像是在表示要他們配合演出這場鬧劇實在過意不去。這句發言後，任務結束的伊庫塔、雅特麗、托爾威三人起身敬禮，迅速離開會議室。

「──關於晉升的事情，不需要告知令郎嗎？雷米翁上將閣下。」

在緊張情緒稍微舒緩的室內，列席的中將之一以有些看戲的態度發問。上將冷淡地搖搖頭。

「即使沒在這裡提起，通知也很快就會送到吧……而且我沒有那種腦袋遲鈍到在這種時機得知晉升消息還會直接高興的兒子。」

「就算是那樣，從一開始到最後都沒有說上任何一句話，還是會讓人覺得到底是為何召他前來。」

「我叫他來的目的並不是要大肆稱許，他在場的事實也有相稱的意義。我想你的腦袋也沒有遲鈍到連這點都無法明白才是吧？金伯利中將。」

遭遇鋒利反擊的金伯利中將聳聳肩。雷米翁上將讓脫軌的對話在此結束，重新開始會議。

「那麼按照預定，直接進行軍事會議吧。但……暹帕．薩扎路夫上尉，有件事要先通知你。你將晉升為少校。」

由於他態度過於平靜自然，而且幾乎是話講到最後才順道這樣一提，讓薩札路夫一時之間無法做出任何反應。察覺到他的困惑，上將做出補充。

「噢，要是嚇到你那抱歉了，正式的通知應該很快會送到吧。不過換句話說，這次晉升和我兒子……失禮，和托爾威．雷米翁中尉的狀況相同，是考量到狀況和平衡維持後才採取的處置。畢竟在接下來的軍事會議中，參加的軍人至少必須是校級軍官，否則會有很多問題。」

雷米翁上將略帶苦笑地辯解。看到這模樣，薩札路夫對這個大將領產生意外的親近感。和先前表現出的氣質相當不同，從嚴厲感已經消失的表情上可以感受到和托爾威同類型的沉穩。說不定這才是他的本性。

「話雖如此……如果你能主動想通自己被留下來的理由，那倒是幫了大忙。」

發現這句話一講完高官們就把注意力全集中在自己身上後，薩札路夫重新繃緊差點鬆懈的情緒——正在接受評估，不可以在這裡掉以輕心。

「……要是推論錯誤實在很丟臉……但我想應該是要我針對在此次戰爭中產生的席納克族難民，提出該如何處置的意見吧？」

薩札路夫戰戰兢兢地回答。過了幾秒之後，周圍的空氣還是沒有變化。

「——我放心了，看來你似乎很明白狀況和立場。」

雷米翁上將滿意地點點頭，開始這次會談。

「由於大阿拉法特拉山脈已被阿爾德拉神軍掌控，許多席納克族被趕出居所。因此形成的四千名以上難民湧入北域，當前是以我等暫時設置的難民營來因應。」

「居無定所的他們和帝國居民之間應該會發生的衝突並不難想像，必須迅速採取對策。」

「話雖如此，願意爽快接納他們的州並不多吧。原本大量移民就會造成地區治安惡化，更何況他們是前不久才和我等交戰的席納克族，可以充分想見地方官吏和當地居民的反彈。」

「就算無法避免哪個地方抽到這種下下籤，應該還是可以想出多個方針吧？把他們送進治安良好的州以尋求調和當然是最理想的狀況，但考量到現實性，是否該以人口密度較低也還有剩餘土地的州作為優先基準？即使荒廢的土地會導致居住性變差，只要沒有起衝突的對手，就不會發生紛爭……」

和剛才那場以軍事法庭為名的鬧劇完全不同，軍中高官開始積極發言。看到這些渾身散發出知性和自信的精英份子，讓薩札路夫直到現在才深深體認到自己有多麼格格不入。就在這時……

「軍人勿語政治。」

伊格塞姆元帥講出的這句話，一擊就讓熱烈的議論停止。

「無論會要求哪個州接受難民，都是行政單位的職責。我等的任務僅限於其前後的事務，例如引導席納克族從臨時難民營前往移居地，還有立案、實施針對該土地的治安惡化防治對策。試圖插手其他事務的舉動，也就是偏離職權的行徑。」

聽到由沉重低音提出的告誡，高官們都正襟危坐。這毫無疑問是正論，但……

「雖然您這樣說，元帥閣下。」

在這個現場卻有一個人，具備能抵抗這正論的氣概。不，在這國家的歷史裡，人才輩出這位綠髮名將的家族總是負起這個任務。

「但這事有個前提，就是現實和理想有遙遠的差距。首先，如果我等不事先做好準備，這個國家的官吏們根本不可能認真面對接納移民的相關問題。因為必須把盤子端到桌上，拉開椅子讓他們坐好，先把菜放涼避免造成燙傷，再把已經切成一口大小的肉送進嘴裡……做到這樣，那些人才總算會開始咀嚼問題。」

雷米翁上將和伊格塞姆元帥的視線從正面相對。薩札路夫過去也曾聽說過帝國軍在進行首腦會談時，經常是以這兩位的對立作為進行的軸心……不過直到今天為止，他連作夢都不曾想過自己居然會碰上剛好也在現場的狀況。

「我贊同上將的意見。我等應該在此議論具體對策，而且範圍要涵蓋到連對移居地點的事先疏通也包括在內。要是在現今這個階段就全部交給行政單位處理，那麼可以確實預測，不出兩個月，問題就會變得更嚴重並被丟回。」

「不，等等，高茲少將。像這樣默認越權行為的傾向，正是元帥閣下擔憂不已的我等惡習。正因為是目前這階段，才應該事先把界線重新畫好，讓軍事歸軍事，行政歸行政吧？薩費達的失控行為，不也是對模糊界線置之不理所導致的結果嗎？」

「這並不是該以非黑即白的想法來討論的事情吧？雖然不能無視內閣的存在，但完全沒有任何事先準備的狀況也缺乏現實感。剛才上將以用餐時的服務來舉例，但至少希望他們能自己負責把肉送進嘴裡。刻意留下部分棘手問題並進行工作移交，用以代替對那些貴族大人們的諫言，這樣如何呢？」

支持伊格塞姆元帥的意見，以及支持雷米翁上將的意見在會議桌上正面衝突。而中立的將校們則以能顧及雙方面子的形式提出妥協案。

透過這一連串發展，薩札路夫看出了帝國軍的勢力平衡。看來在軍中，伊格塞姆派和雷米翁派的勢力彼此抗衡的狀況還在傳言之上。

「……啊……那個……可以允許我也提個意見嗎？」

薩札路夫心驚膽跳地舉起手後，高官們的視線一口氣集中到他身上。他光是這樣就嘗到壽命縮短的感覺，同時把事先準備好的發言說出口。

「雖然這是個不知分寸的提案……但為了對應席納克的難民，是否可以把一個團交給我運用呢？」

＊

同一時刻。在帝國軍中央軍事基地西南區域的「神殿」前廣場，正有常駐基地的四百多名士兵，以及兩倍以上的一般民眾聚集於此。

「——在護國之大義下捐軀，為至高無上、登峰造極的滅私奉公行為——」

在肅然而立的眾人前方，有一個茶髮亂翹，身材微胖的少年正在宣讀悼詞。那正是以北域方面戰役的英雄之姿被提拔擔任此職務的馬修．泰德基利奇少尉。

「──在此恭敬祈禱，誠願彼等同袍悉數能夠歸往主神身邊。」

站在他身旁的修長女性軍官──哈洛瑪．貝凱爾少尉算準時機接著講完……兩人在此能說的話，只不過是從頭到尾都由長官指定的定型句。然而無論是誰，都無法阻止對這內容感到疑問的行動。

──在這場戰爭中死去的同袍，真的能夠前往主神身邊嗎？

包括馬修和哈洛，還有在他們後方列隊的士兵們，都對「沒有神官在場見證的儀式」抱有相同擔心……這次的戰爭對象是阿爾德拉教本部國，由於不知道該如何對待陣亡者，神官們都拒絕參加這場儀式。連這場活動本身原本也應該更盛大隆重地在首都邦哈塔爾內的「神殿」舉行。

「「──全體敬禮！」」

兩人同聲下令。所有士兵和他們的精靈都在心中緬懷再也無法相見的人們，一起朝著「神殿」敬禮。遺族們發出的輕微嗚咽宛如漣漪般擴散，甚至傳進了馬修和哈洛的耳裡。

儀式結束後，大部分的士兵都按照指揮官的指示，向右轉往後方並且離開。只有包括馬修和哈洛的一部分人還留在原地負責引導一般民眾。

然而，這時出現三個朝著「神殿」而來，逆向和離開人們錯身而過的人影。而領頭者是一名擁有鮮豔顯目的赤髮，兩人也很熟悉的少女。

「馬修、哈洛，辛苦了。看來你們已經確實達成任務了。」

「雖然肩頸僵硬，不過總算結束……你們幾個也比預定還早嘛。」

馬修稍微轉著手臂並回答，雅特麗身邊的伊庫塔和托爾威聳了聳肩。

「我們只是被叫去當軍事法庭的小角色而已……算了，主角的某人已經確實遭到了報應，這點請放心。」

「是『這樣』嗎？」

馬修邊說，邊做出用大拇指割喉的動作。伊庫塔稍微搖頭，用食指模仿槍口並往前舉。

「是『這個』，畢竟槍決才是帝國軍的習慣。」

「啊……果然是那種結果嗎。」

哈洛嘆口氣低聲說道。只是啊……伊庫塔繼續補充。

「雖然軍事法庭總算已經結束，但接下來還有宗教審判在等待薩費達二等兵。因為那個『對精靈的虐待行為』已經犯了戒律。」

「在我國和阿爾德拉本部國重啟外交為止，這邊感覺會拖很久呢。我想宗教審判中他被判決極刑的可能性也不低，不過如果真是那樣又會如何處理呢？畢竟也不能對同一個人處刑兩次。」

「那種前例說有也真的有，但我不太願意去想像啦。」

黑髮少年聳聳肩。托爾威差點去實際想像他口中的「前例」，趕緊換個話題。

「不……不過啊，每次看到這個『神殿』時……都覺得是個很不可思議的建築物呢。」

抬頭仰望眼前物體的托爾威如此說道，他前方聳立著灰銀色的長方體建造物。大小是長約四十公尺，寬約八十公尺，高度也有將近二十公尺。顯示這裡隸屬於阿爾德拉教管轄的一星旗帷幕從屋頂往下垂掛。

「外牆幾乎看不到連接處，還聽說這是以非常堅固，即使被炮彈打到也不會有任何損害的材質建造……不過到底神明是用什麼方法才能加工這樣的材料呢？」

「那當然是使用神明自豪的剪刀和漿糊啊。」

哈洛舉起兩根手指開開合合。伊庫塔邊沉吟，邊把手叉到腰上。

「無論是何種物質，只要有正確的高熱或高壓就能夠加工……這是阿納萊博士的見解。如果要假設這個外牆是鑄造品，就代表在建造這東西的那個時代，應該有爐子能夠製造出現代根本無法與之相比的高溫吧。」

「喔～意思是神明引以自豪的爐子嗎？」

「我認為需要使用爐子的應該是人啦……算了，這事先放一邊去。」

伊庫塔把充滿懷疑的視線從只有神官能夠進入的聖域上移開，投往其他方向。視線的前方，是先前他和雅特麗還有托爾威被叫去的高等軍官專用會議場。

「我有點擔心留在那裡的薩札路夫上尉。現在應該正在和高官們討論對席納克族難民的處置，希望他能順利應對……」

「啊……那件事嗎……嗯……」

馬修的表情突然變得很難以形容。雅特麗對著講話吞吞吐吐的兩人開口。

「相信並交給他吧，上尉是值得這樣對待的人。在這次的戰爭裡應該已經讓你們明白這一點了吧？」

「當然，所以我這次也把任務託付給他……只是，我提到的不安，是針對上尉本身以外的問題。」

伊庫塔繼續瞪著會議場的方向，扭著嘴唇繼續說道：

「如果對手只有軍中高官那還沒問題……不過，在那些人中混著一隻狐狸。」

*

提了個不看場合的大要求……聽到薩札路夫的提案後，這是高官們的率直感想。

「……薩札路夫少校，你是先前北域方面紛爭的英雄，由於這次活躍，被視為將來有望的軍人。嗯，這點的確沒錯。」

一名少將以勸戒的語氣開口，他的眼裡開始出現失望的神色。

「不過……就算是那樣。剛剛的要求，是不是太過於不知分寸？我想你不可能不知道吧？團是平時經營部隊的最大單位。要求把一個團交給你，就等於是在要求自己的軍隊……」

「這要求本身就已經夠讓人不以為然，更何況先決問題是你不覺得自己弄錯場合了嗎？現在是討論該如何對應席納克族難民的會議，並不是討論該給你的戰功什麼褒賞的場合。」

眾人紛紛提出指責。即使這是早已預料到的發展，但薩札路夫還是覺得自己的胃陣陣抽痛。雖然高官們似乎都誤會了，但他原本的個性完全不是如此厚臉皮。

「有點讓人遺憾啊，薩札路夫少校。我還以為你是更謙虛更賢明的人——」

在指責途中，某處發出一陣哼哼悶笑聲。這瞬間，高官們朝向薩札路夫的視線一口氣移往他處。朝向那個和三名中將並列坐著，現場唯一不是軍人的男子。

「……宰相，有什麼可笑之處嗎？」

一名少將壓低聲調發問。即使這樣，被質問的對象也沒有收起笑容。

「不……不不……也沒什麼……！只是覺得有幾位講什麼戰功和褒獎之類顯然弄錯場合的發言實在很好笑，所以忍不住……！」

那是嘲笑。對象不是薩札路夫，而是針對所有指責他的高官。

「噢，由我代替薩札路夫少校講明也沒關係嗎？——哎呀，實在遺憾。我以為位居帝國軍領導階層的諸位，都是些更加謙虛而且也很賢明的人物——」

「你到底想說什麼！」

一名少將語氣激動地拍桌發問，這讓男子的笑意更深。

「問我『到底想說什麼』？哈……哈哈哈……問我想說什麼……！這正是在發表弄錯場合的說教之前，必須先向當事者問清楚的事情啊……！」

面對這男子過於瞧不起人的言論行動，讓高官們的惱怒感更加膨脹。在險惡氣氛逐漸升溫的狀況中，雷米翁上將終於出聲仲裁。

「肅靜！諸君！議論也就算了，我等並沒有時間爭執！戰後該處理的問題可不是只有席納克族的難民！」

聽到這道喊聲，差點失去冷靜的高官們紛紛回神。觸怒眾人心神的男子也總算只控制住自己的嘴角。

確認會議場內恢復鎮定後，雷米翁上將把視線放回薩札路夫身上。

「薩札路夫少校。到目前為止，我還不認為你是個厚臉皮的人。」

「噢……」

「所以，針對剛才的要求，可以讓我聽聽你的真正打算嗎？如果真的給你一個團，你打算用這支部隊做什麼？」

雷米翁上將的翠眼以比先前嚴厲的眼神凝視對方。薩札路夫用力嚥了口唾沫，開口回答：

「我……我想是不是可以在帝國現有領土偏東的位置設立根據地……並在附近收容席納克族的所有移民。」

「所有移民？……這是怎麼回事？」

「前東域鎮台陷落造成居民撤離，讓帝國現有領土的東區出現了空白地帶，已經很久都無法從被放棄的許多田地上獲取作物。聽說受此影響，防守國境東側的部隊現狀是必須依賴從遙遠中央往東方延伸的補給線。」

「嗯，確實是那樣。就算要喚回逃走的居民，他們也害怕會碰上下一次侵略。考量到和齊歐卡間戰況並不穩定的現今情勢，這也是無可奈何的情形。」

「所以要把席納克族放進那些空隙裡。把軍需物資的生產交給他們負責，並以全部由軍方收購的形式來固定交易。換句話說就是軍方專屬的佃農立場吧。」

連其他高官們也逐漸認真傾聽起薩札路夫說明的內容。不久之後，理解這構思的人開始提出意見。

「可以活用多餘的土地，也能充實軍方的補給嗎……聽起來是個不錯的點子，但似乎有幾個問題。第一，席納克族本身會願意接受被視為佃農嗎？根據你的提議，會單方面要求他們種植我方指定的作物吧？」

「我想席納克族當然也會產生反抗情緒，但只要重複進行實質上的說明，應該就能夠說服他們。之所以這樣說，是因為基本上，只要讓席納克族種植他們熟悉的作物就行。」

「熟悉的作物……？等一下，不是要讓他們種植小麥或棉花嗎？」

聽到這提問，薩札路夫從口袋中拿出一把乾燥的穀物並展示給眾人看。

「要讓他們種植的作物是玉蜀黍。這是在大阿拉法特拉山脈上的嚴苛環境下培育出的品種，耐旱，因此推論種植在更適宜的環境中應該能獲取良好的收穫量。如果耕作面積相同，收穫量大概會是小麥的三倍以上——」

薩札路夫慎重地在不會被發現的情況下，說明從伊庫塔那邊聽來的理論。高官們紛紛開始沉吟。

「窮人的小麥嗎……有聽說過這東西在北域經常被拿來食用。」

「或許是因為『席納克族食物』的印象已經先傳開，所以在帝國內部有受到不合理輕視的傾向。但是，味道絕對不差。不但可以直接烤來吃，乾燥後磨成粉也能夠製作成麵包。如果作為輪作制度的一環，還可以幫助下個作物生長。」

另外還有「可以挪用為家畜飼料」這個優點，但考慮到對心理層面的影響，薩札路夫故意隱瞞。從高官們的反應來看，他得到了不錯的迴響。

「……關於作物的價值，找專家一起詳細研究吧。然而，講到帝國領土偏東的地區，就是很靠近齊歐卡國境的土地。要讓不久之前才引發內亂的席納克族住到那裡，老實說，應該會讓前線的士兵們覺得芒刺在背吧？」

「這點要重提最初的話題，可以把一個團交給我嗎？」

經過前面的對話後，這次總算沒有出現指責這要求是搞錯場合的人。雷米翁上將思索數秒後，開口說道：

「意思是由軍方管理在前線附近的軍需物資生產嗎……雖然有點把軍事問題擴大解釋的傾向，但只要考慮到目前是戰爭時期，形式上還算自然。由這支部隊直接兼管席納克族監視任務也符合理想。」

「在…在下誠惶誠恐。」

「然而，即使是這樣也還有問題。團級部隊的指揮官通常是上校以上，至少也要由中校位置的軍人來擔任才符合帝國軍的慣例。無法把如此的重責大任交給還沒正式成為少校的你。」

薩札路夫事先已經預料到這點會成為剩下來的阻礙，他搖了搖頭。

「只要讓擔任與席納克族交涉窗口的我隸屬於這支部隊即可，並不需要由我來擔任團的營運負責人……或者該說，頂多只指揮過營的我根本無法擔當那等大任。」

這句發言的後半並沒有寫在劇本上，而是忍不住脫口而出的真心話。薩札路夫試著對皺起眉頭的高官們解釋：

「根據經驗與實際成績，我想推薦米爾特古．泰德基利奇上校擔任這支部隊的指揮官。」

聽到不在場的軍官名字，高官們一時之間不知該如何回應。

「讓帝國西南部艾伯德魯克州的團級部隊指揮官，米爾特古．泰德基利奇上校擔任嗎……」

看來雷米翁上將已經理解推薦這人選的意圖，他思索了一會，轉身面對到此都堅守沉默的炎髮將領。

「您覺得如何，元帥？」

不消多久，對方的嘴唇微啟，發出低沉的音調。

「如果這人選不更換的話，可以列入考慮。」

聽到這個不可能誤會的回應，薩札路夫的嘴角忍不住抽動——沒想到真的能夠通過。

雖說他原本就抱著這種企圖來到這裡，但想出交涉內容的人是伊庫塔，薩札路夫本人並不具備能算得上確信的信心。他甚至已經算不清自己到底想像過多少次，此舉不但惹得那些身經百戰的高官們大發雷霆，還遭到狠狠說教並被丟出去的光景。

「那……那個——我還有一個提案。」

不過，還不能放心。換個角度來看，其實最關鍵的要求尚未提出。

「希望可以把我和『騎士團』的五名成員，就這樣編入泰德基利奇上校的指揮下……」

「……我原本就把剛才的點子，視為包括這安排的提案。」

雷米翁上將以有些諷刺的語氣開口說道，冷淡的翠眼緊盯著薩札路夫。

「這次雖然會把你的提案列為候補，但我還是給個忠告吧……就算愚蠢是完全的不合格，但過於聰明也不是好事。提出優秀點子的舉動的確幫上了忙，不過去考量實行本案時該注意的均衡是我等的任務。你沒有必要顧慮到那麼深入。」

「……在……在下會銘記於心……」

雖然被上將繞著圈子教訓他「該識相點」，但薩札路夫並沒有提出任何反駁。因為對這種用借來的伶牙俐齒和高官周旋的現狀感到最不對勁的人，其實是他本人。

「還有，你的說話技巧雖然巧妙，但卻有點缺乏品格。一開始先提出亂來的要求，等所有反論都出現後，再按照順序一一補上具備充分實現可能的內容……到了這時候，感到自己先前沒能看穿你真正想法的人就很難插口表示意見。不過為了掌握這種場合的主導權，這倒是極為有效的方法。」

您說的完全正確！薩札路夫在內心責怪黑髮少年……我說，伊庫塔中尉，為什麼每次讓大人物邊斥責邊允許要求的任務都得由我來負責……？

「不不不！我認為很優秀！真的非常非常優秀！」

這時，一個聽起來簡直讓人不快的清晰音調再度無視氣氛介入會議。聲音主人從座位上起身，最高等文官——帝國宰相之證的卡其色上衣也隨之翻動。

「各位的腦袋實在太僵化了！必須效法薩札路夫少校，以更柔軟的態度來進行這種會議才行！什麼政治和軍事之類的框架，根本是有跟沒有一樣，不可以害怕越線！各位聽好了，不可以害怕越線行為！因為很重要，所以我說了兩次！呵呵呵呵呵！」

薩札路夫啞口無言。居然在這陣容面前如此信口開河，這個人到底是什麼心態。

「正因為有政軍雙方的緊密合作，才能夠克服窘境。這是理所當然的道理吧？既然如此，為什麼各位不向也在場的我詢問意見呢？真是讓人傷心！看到各位縮在軍事框架內議論的樣子實在辛酸！明明我隨時都做好伸出援手的準備！」

男子用雙手抱住身體叫道。彷彿悲劇登場人物的裝模作樣語調愈聽愈讓人覺得虛假。因為每個人都知道，他每一字每一句裡都不帶著一絲誠意。

「……坐下吧，托里斯奈宰相。在場所有人都沒有輕視你的意思。」

「您又說謊！雷米翁上將總是講著溫柔的謊話！」

「我並不認為自己說了謊。然而宰相，你有反省自身立場的餘裕嗎？你被允許在這裡列席的理由，完全是為了旁聽與記錄軍事會議，並不是為了要讓你表達意見。還請回想起即使是帝國宰相，在軍事會議中也不具備發言權的事實。」

雖然保持著有禮的用詞，但雷米翁上將的聲調裡帶著明顯的怒氣和焦躁。這並不是最近才養成的情緒，而是經過長年累積，幾近於怨恨的負面感情。

「如果皇帝陛下在場，上將您也會說一樣的話嗎？會提醒陛下這是軍事會議所以請陛下不要開口？不會發生那種事吧！我並不是單純的書記官，而是以代理陛下的身分在場！目的是為了要把臥病在床的那位大人的心意，盡可能傳達給各位！為什麼無法體諒這份心情呢！」

結實苗條的身材和豐富而帶著光澤的灰色頭髮都充滿年輕的活力，讓人不禁懷疑他的實際年齡真的是四十二歲嗎？和皇帝陛下的衰弱相比，甚至有人謠傳他吸取了皇帝的生命力。

帝國宰相托里斯奈·伊桑馬，盤據宮廷的腐敗貴族之首。在皇帝並沒有以施政者身分發揮功能的現狀中，這隻狡猾的狐狸，事實上正占據著卡托瓦納帝國的王座。

——奸臣！

就連薩札路夫似乎都能聽見高官們發出的無聲指責。但，當事者卻以若無其事的表情巧妙閃過這些壓力，從容地活用起利用皇帝名號爭取到的發言機會。

「對了對了，是說薩札路夫少校——」

被點到名的薩札路夫全身僵硬。這時托里斯奈離開位置，繞過大桌來到他附近，繼續說話。

「你不愧是北域方面戰役的英雄，在戰略以外的部分似乎也具備優秀的見識。而且不僅如此，居然連農作物的知識都有！哎呀，這麼優秀的人才之前卻在北域那種偏僻地方遭受冷遇，讓人難以置信。就算只針對這件事，帝國軍也應該要好好反省吧？」

這隻口若懸河的狐狸來到薩札路夫身前，眼神繼續糾纏著因為和至今為止不同種類的緊張而全身僵硬的他。

「不過——我想確認一件事。那真的是你本人的構思嗎？」

薩札路夫的心臟用力一跳——冷靜，冷靜點，已經事先預測到會出現這種負面懷疑。

「……不，不是，宰相大人。這並不是我個人的想法。」

「哦——？」

「是我和優秀的部下一起集思廣益想出來的點子，該說是所有幕僚的想法吧？畢竟我們處於和席納克族長直接交涉過的立場，所以產生了相對的責任感，才會去努力想要盡可能籌劃出穩當的著地點。」

「原來如此，原來如此——那麼，利用『管理軍需物資生產』這名義來圈管住難民……是哪個部下最早提出這點子呢？」

「這個，是誰呢……？我記得是從過去資料裡找出類似例子，但不記得是誰提的。啊，不過玉蜀黍是我的點子，因為在北域常吃。」

薩札路夫以平淡無奇的回答來矇混。其實是部下的臭屁小鬼提出了大部分的意見——雖然他很想這樣講，但很遺憾當事者並不願意曝光。所以按照事前計畫，薩札路夫堅持著掩護任務。

「嗯嗯……算了，就當作是這樣吧。」

雖然不可能光憑這樣就掩飾過去，但追擊總算暫時停止。但，在薩札路夫才剛鬆一口氣時，對方立刻使出下一招。

「不過……哼哼哼，你的手段還真是高明呢。不只難民，還要趁此機會把『騎士團』所有成員都納入手中……那些人似乎相當受第三公主寵愛，身為長官的你似乎也會獲得能聯繫政軍兩方面的有力管道吧……？」

宰相臉上掛著龜裂般的笑容，從斜下方觀察對手。薩札路夫忍不住發抖，他感覺自己好像是被蛇纏上的獵物。

「更不用說講到一個團，內部就等於是一國……是一個甚至已經確保名為『席納克族居民』的補給來源，屬於你的王國。會成為最適合培育野心的土壤呢……不，或許野心早就已經發育完成，這發展只不過是浮現出表面——」

雷米翁上將粗魯地拍打桌子，判斷時限已到的托里斯奈也和獵物拉開距離。

「請有點分寸，宰相！輪不到你擔心！原本就是因為不容許那種發生，才要選擇米爾特古・泰德基利奇上校這個人選！」

「是啊是啊，應該是那樣吧。然而上將，我的職務也包括要監視軍人撈過界的行為……」

「……如果真是那樣，為什麼你們不讓政治能正常運作？如果有主動解決席納克族難民問題的氣概，就提出具體的計畫！最後一次舉辦內閣評議會的時間到底是幾個月以前？至少在碰到這種問題時，舉行緊急會議如何！」

「哎呀！哎呀哎呀！哎呀哎呀哎呀！上將，我可以將這段發言視為對政治的干涉嗎？這樣不妥，真的不妥啊！畢竟政治和軍事必須充分理解自己的領域，才能健全運作嘛！」

「……嗚！你剛剛宣稱只有彼此緊密合作才能克服窘境的發言還言猶在耳——！」

上將憤慨地站起，這時坐在旁邊的元帥卻伸出一隻手制止他。

「兩位都坐下吧，繼續爭論將視為對軍事會議的妨礙。」

聽到這不含感情的警告，上將狠狠咬牙。禮節的外殼出現裂痕，可以從隙縫中窺見沒有任何掩飾的感情。

「不對！那傢伙的存在本身才是阻礙一切的原因！索爾，你還不理解……！」

「坐下！」

第二次警告中帶著不由分說的聲調。托里斯奈一溜煙地逃回自己的座位，雷米翁上將也帶著苦澀表情重新坐下。只有沒被算進兩人裡的薩扎路夫想坐下又不敢坐下地冒著冷汗。

「暹帕・薩扎路夫少校。」

突然聽到自己的名字，薩扎路夫的背脊幾乎是強制挺直。他滿腦子都是想要儘快逃離這地方的想法，然而伊格塞姆元帥依舊毫不留情地下令。

「要討論提案詳細內容並做出結論，你從概要開始複誦。」

＊

酒杯互相碰撞發出清脆響聲，接著立刻傳出眾人一起大喊乾杯的聲音。

濺出杯外的水滴在空中飛舞，反射出光芒。從漫長戰事中獲得解放的士兵們帶著喜悅大吃大喝，和戰友們閒聊談笑。宴會氣氛無止境地往上高漲。

這也是理所當然的狀況。因為在場所有人都非常明白，這一切都是活人的特權。因為對他們每一個人來說，再也無法一起舉杯共飲的對象簡直多到數也數不清。

「真是熱鬧，已經打破幾個餐具啦？」

被包場的店內撤掉了幾乎所有隔間。在角落，和士兵們造成的喧騷相隔一段距離的騎士團五人正圍著桌子。

「哈哈，不過，這點小事就別計較吧。」

「也是，畢竟是那麼漫長又艱苦的戰爭，結束之後當然會想要放縱一下。」

托爾威和馬修靜靜地對彼此點頭。他們的桌上也放有酒和料理，但吃喝都要懂得節制。今天五人是以酒宴主辦者的身分在此，這並不是為了自己，而是用來慰勞部下的宴會。

「中～尉～！伊庫～塔中～尉～！」

但，一群手裡拿著酒杯的士兵卻主動前來找謹守立場撤到一旁的他們。走在最前面的人是伊庫塔的副官，蘇雅士官長。他們看起來已經相當醉了，每一個都滿臉通紅。

「您躲在這種角落裡做什麼呢！來這邊和我們一起喝吧！」

「我是很想那樣做啦……不過，要是連我也喝酒，你們倒下之後不就無法收拾嗎？」

「啥？請不要說那種沒出息的話！去調戲我媽時的氣魄到哪裡去了？」

士兵們發出哄笑聲。居然可以把這話題拿來開玩笑，顯見雖然宴會才開始沒多久，蘇雅已經醉得相當厲害。或者這顯示出她的心境已有了變化？

「伊庫塔，稍微陪他們喝一下吧，記得別喝醉。」

少年正在隨便應付這些來糾纏的醉鬼，旁邊的雅特麗卻低聲這樣說道。伊庫塔看了她一眼。

「你還記得我們曾經為了去救助席納克部隊的判斷，和她起過衝突的事情吧？我們這邊也就算了，但那女孩心中大概一直無法釋懷，才會想要確實和解……即使因為在正常時很難辦到而必須借酒壯膽也一樣。」

雅特麗並不是無法看出這點細微感情的人，伊庫塔也一樣。從其他騎士團成員的視線中收到「總之去陪陪他們吧」的意見後，他點點頭起身。

「好，那麼你們的指揮官就奉陪吧……咦？什麼？問我是不是把椰子酒倒進這杯裡就好？我才不要那種東西，總之也給我啤酒就對了，用大啤酒杯！」

一旦下決定，伊庫塔也很上道。他以單手接下被送來的啤酒，然後直接把酒杯豎直一口氣喝乾。這豪爽的喝法讓部下們也很興奮，掌握這種場面是他擅長的行動之一。

「呼……好，雅特麗！妳也來一杯吧！」

「咦？我也？」

「既然說要和好就是要這樣吧？好啦好啦，蘇雅也趕快拿起啤酒杯。」

在伊庫塔強制下拿起啤酒杯的兩人還被迫面對面。她們以尷尬的態度相對，下一瞬間，黑髮少年站在兩人中間大叫。

「為奮戰的女性乾杯！」

隨著這喊聲，他把杯子硬推向兩人。雅特麗雖然帶著苦笑，也小聲說了句「乾杯」並和蘇雅碰杯，接著喝起自己手上的啤酒。蘇雅先猶豫了一會，才慌慌張張地做出同樣動作。

伊庫塔和雅特麗還有部下們一起帶動宴會氣氛後，出現另外兩人來到還剩下三名騎士團成員的桌子。一個是看起來已經筋疲力竭的薩扎路夫上尉，至於有點躲在他後方的人，則是擔心會給現場氣氛潑冷水的夏米優殿下。

「哦～哦～居然熱鬧成這樣，根本不知道我有多辛苦，真是……」

注意到公主和長官的身影後，騎士團的三人立刻起身對著兩人敬禮。

「夏米優殿下，上尉，兩位辛苦了。」

「辛苦了，和大人物們開會是不是壓力很大呢？」

哈洛邊開口慰勞，同時把裝有葡萄汁的杯子和裝滿啤酒的大啤酒杯各自遞給公主與長官，旁邊則有托爾威和馬修為兩人拉開椅子。

「不需要這麼介意我，好好慰勞上尉吧。」

公主殿下邊說，邊把嬌小的身體坐進椅子裡。另一方面，薩扎路夫先一口氣把拿到的啤酒喝掉半杯，才用幾乎是癱坐的動作把身體丟到椅子上。

「你們幾個最好也找機會體驗一下……光是那空氣就可以把體力耗光……啊，對了，我好像成了少校。你們快慶祝！全力幫我慶祝！」

恭喜！三人的聲音形成和聲。他們早已預料到這件事，並不會感到驚訝。接著馬修戰戰兢兢地對著趴在桌上半死不活的長官發問。

「那麼……結果如何？關於『那件事』……」

「似乎可以通過。雖然還未確定，但你還是早點聯絡你父親吧。」

聽到這回答，馬修帶著複雜表情雙手抱胸。這時，脫離醉鬼集團的雅特麗回到多了兩人的這裡。

「上尉，您辛苦了。殿下，要不要幫您拿點食物過來呢？」

「噢，雅特麗，不需要那麼——」

夏米優殿下的話講到一半就停了，其他所有人也因為同一理由而瞪大眼睛——因為再次就坐的雅特麗有著一張像是熟透番茄的紅通通臉孔。

「……呼哈！哈……哈哈哈哈！雅……雅特麗希諾中尉……妳不擅長喝酒嗎！」

第一個無法忍耐而笑出聲的人是薩扎路夫。雖然托爾威和哈洛還算克制，但馬修也跟著到達極限。

「我……我也是直到現在才知道……不過……哈哈！妳現在的臉真驚人！看起來和妳的頭髮一樣紅！」

「呼……真是，伊庫塔也是明知會這樣還叫我喝。」

雅特麗嘆著氣喃喃說道。這也沒辦法，她的情況已經不是用雙頰泛紅就能形容的等級，而是幾乎整張臉都被染成鮮紅色。加上她平常的舉止行動都完美無缺，展現出這一面時的落差更大。

「話……話說起來，雅特麗小姐在酒席時總是靜靜地喝呢……」

「啊……嗯，我也是第一次看到她拿大啤酒杯一口氣灌酒。」

哈洛和托爾威以各自的感想表達驚訝。另一方面，薩扎路夫上尉大概很愛笑吧？一旦被戳中笑點，要花很多時間才能平靜下來。他和同一型的馬修臭味相投，兩個人還在捧腹大笑。

「……唉，算了也罷。如果這樣能讓酒變好喝，今天就盡量嘲笑我吧。」

不愧是雅特麗，展現出沒生氣也不鬧彆扭的大度量。夏米優殿下也在聽到這句話後回神，把嚴厲的視線投向還在笑的薩扎路夫和馬修。然而，這點動作只不過是杯水車薪，他們依舊笑得像個白痴。

「哼哼哼哼哼，唯一能夠對在白刃近身戰中被譽為最強的雅特麗希諾．伊格塞姆使用『很弱』這形容詞的局面就是這個，只有喝酒的時候～」

已經醉醺醺的伊庫塔在絕佳的時機回來了。他口齒不清，腳步也踉踉蹌蹌。雖然臉上並沒有雅特麗那麼明顯，但酒醉的程度似乎遠遠在她之上。

「只是啊，很遺憾，她就算臉紅也不會醉到昏昏沉沉。每次想要讓她更醉並引出有趣一面的挑戰總是無疾而終呢～」

「我怎麼比得上可以一個晚上都在喝到吐，吐完再喝的你。今天也差不多準備進入第一輪了？」

「不不，還早還早。基本上我可是主辦者啊，要是太醉可不好，我很清楚啦。」

「嘴巴上那樣講，最後還是得把醉倒的你扛出店外的狀況可不只發生過一兩次而已吧……」

回想起高等學校時代的雅特麗聳聳肩膀，夏米優殿下和托爾威則各自以複雜表情望著這兩人的知心互動——一直到此為止，都可以算是一如往常的光景。

「啊～對了，薩扎路夫上尉。『那件事』的結果如何？」

依然癱在椅背上的伊庫塔開口發問。薩扎路夫還沒笑夠，但還是拚命調整呼吸做出回答。

「呵呵……啊……噢，似乎可以通過。還有我會升上少校，怎樣，很厲害吧？」

「恭喜啊～不過……是嗎？應該會通過嗎？這意思是……」

伊庫塔讓身體離開原本靠著的椅子，繞過桌子來到馬修背後。接著貼近那微胖的身軀，以心情很好的聲調對他開口：

「會演變成那種情況呢。有很多事都要麻煩你啦，吾友馬修。」

聽到這句話的瞬間，馬修發作般的狂笑猛然停止。隨著他逐漸理解這句發言代表的意義，臉上笑容也逐漸切換成苦澀表情。

「……真的會變那樣喔……？老實說，我實在提不起勁，我真的非常提不起勁。」

微微低下頭的少年嘴裡嘟囔，而背後的醉鬼則伸手把少年後腦的頭髮攪成一團亂。

「不不，我從現在開始就期待到不行。畢竟我和你的交情是如此深厚嘛，我一直認為總有一天絕對要去拜訪一下。」

相反地，伊庫塔保持繼續往上提昇的情緒，單手舉起酒杯，高聲宣告：

「時機終於來臨——好啦，大家一起回馬修的老家去吧！」

第一章

Alderamin on the Sky

艾伯德魯克州事件

「發生什麼事！」

雅特麗大聲詢問馬車夫，立刻響起語氣驚慌的回應。

「眼……眼前突然有牛猛然衝過去……！剛剛差點撞上！」

聽到「牛」這個名詞，騎士團眾人都面面相覷。雖說似乎不是強盜之類的襲擊，但在場所有成員都可以算是重要人士，還不能放鬆戒心。把公主交給哈洛照顧後，其他四人開始行動並確認狀況。

「全面警戒！小心一點，說不定有敵人潛伏在田裡的稻叢中。馬修、托爾威，從左右的車窗開始搜索敵人！」

「好！」「了解！」

伊庫塔立刻做出指示，回應的聲音也毫無猶豫。眾人身上再不復見新兵的天真。和以往不同，他們已經克服了北域動亂的殘酷戰場。

馬修和托爾威略為開啟先前暫時關上的車窗，從縫隙間觀察周遭情況。同時抽空把精靈裝到風槍的槍管上並餵食子彈後，兩人很快就開口回報。

「……右方，無法實際觀測到敵人身影！」「左方也相同！為了慎重起見將進行牽制射擊……咦？啊……那是……？」

托爾威口中發出困惑的喊聲。把手搭在雙刀上並守著馬車車廂口的雅特麗一邊豎耳傾聽外面的聲音，同時開口詢問：

「托爾威，你看到什麼？」

「……有……有牛在攻擊人……不，是人在攻擊牛……？」

在以言語如實表達出看到景象的過程中耗費很多心力的青年，吞吞吐吐地繼續說著：

「……田裡有一隻失控的大牛，而且正在和人類格鬥。那個人……看起來好像是女性……」

「咦？女性？……糟！該不會是！」

聽到這情報的馬修慌慌張張地離開右側車窗移往另一邊，在托爾威身邊占了個位置確保視界。雅特麗根據剛才的說明判斷「有人正受到失控的瘋牛襲擊」並打算跳下馬車，但微胖的少年卻阻止她的行動。

「等……等一下，雅特麗。不需要過去……！」

「……為什麼？不是有人被牛攻擊嗎？」

「總之不要緊……周圍似乎也沒有敵人，你們打開車門看看吧。」

由於馬修以莫名疲倦的語氣如此主張，因此雅特麗也姑且先按照他的吩咐觀察起外部情況。於是，在馬車左邊的整片田地一角，可以看到一隻體格健壯，大概是耕牛的動物正在大鬧。然而，讓雅特麗更加驚訝的是——

「好了好了，你這傢伙別鬧了！真是不聽話的孩子！」

一名用雙手抓住牛角，從正面壓制住那頭猛牛的女子。雖然身為女子，但那人的身材高大，肩膀也很寬廣。身上穿著茶色的連身工作服和綠色的工作裙。

「喔喔，真是英勇……」

和雅特麗並肩旁觀狀況的伊庫塔喃喃說著，眼中綻放出光芒。所有人也無言地表示同意。明明那名女子的打扮無論怎麼看都像是個正在整理田地的大嬸，她卻和恐怕比自己大上五倍的猛牛演出一番激烈爭鬥。

「你也差不多該安靜下來了！嘿呀啊啊啊啊啊啊啊啊啊！」

大概是判斷從正面衝突的格鬥無法分出勝負吧，那名女子拔腿一跳並帶起田中泥土，接著伸手抱住那隻牛。然後她直接嚴嚴實實地固定環抱住猛牛粗壯脖子的雙臂，以全力勒緊對方。

「唔唔唔唔喔喔喔喔啊啊啊啊啊啊啊啊啊啊啊啊！」

那隻牛即使陷入這種狀況依然繼續掙扎，但不久之後就失去勢頭，最後終於彎曲前腳在田中坐下。

女子以慈祥的眼神望著在自己手臂中呼呼喘氣的對手，並伸手摸了摸牛的脖子。

「好好好，冷靜下來了？盡情大鬧一陣之後現在甘心了？」

不知道是因為已經累壞還是因為領悟到抵抗只是白費力氣，牛只是安分地繼續坐著沒有動作。由此判斷事態已經告一段落的騎士團眾成員也離開馬車。

不知何時，有一群打扮都差不多的農夫們來到在田地中央壓制著牛的女子身邊。他們紛紛低下頭不斷敬禮，而女子則是露出親切笑容搖了搖頭。被栓上轠繩的牛不消多久就站了起來，就這樣老實地被拉走。

「很好很好～這樣應該算是解決了吧？我也該回去工作——嗯嗯……？」

這時，女子那邊似乎也總算注意到有一群人站在田地旁邊望著自己。她瞇起眼睛觀察起對方的情況，但那張臉很快就換上開朗表情。

「——馬修！哎呀哎呀！你總算回來了嗎——！」

女子豪爽地從田中跳起，以全速沿著田間小路往前猛衝。這不比猛牛遜色的魄力讓伊庫塔等人也受到鎮懾，只有其中唯一受到指名的少年以已經看開一切的表情往前踏了一步。

「嗯，我回來了，老媽——嗚喔啊！」

「哈哈哈哈哈！看到你平安回來真好啊我的兒子！有腳吧？你應該不是幽靈吧？這小子這小子！」

「嗚噢噢噢噢噢噢！」

馬修在束手無策的情況下成了熱烈擁抱的犧牲品。他的身體遭受甚至能讓失控猛牛乖乖投降的束縛，發出骨頭受到壓迫的嘎吱聲。

「我還在想你怎麼好一陣子都沒音訊，北方就發生了戰爭！你知道當老媽我聽說連你都被派上前線時到底有多擔心嗎！」

「老……老媽……我知道，我真的知道……！所以妳快放開我……會死……！」

馬修的慘叫聽起來相當逼真。在媲美老虎鉗的雙臂中，他的腰部正被束緊到前所未有的纖細腰圍。

「什……什麼……？到底發生什麼事……？」

帶著困惑走下前方馬車的薩札路夫也因為這光景而目瞪口呆。除了兩名當事者，其他人只能愣愣地張著嘴旁觀這對母子的久別重逢。

「哎呀哎呀真開心啊！兒子居然帶著這麼多朋友回來！」

脫下連身工作服換上平常穿的連身裙，再把工作裙換成圍裙後，女子以這種打扮在廚房和餐桌間忙碌來回。而馬車上成員再加上薩札路夫的七人則各自坐在椅子子上，看著餐桌在短時間內逐漸準備就緒的模樣。

「而且還有三個可愛的女孩！不知道哪個女孩會成為我們家的媳婦，我從現在起就好期待！對吧，老公！」

「漢娜，我知道妳很高興馬修回來，但妳也冷靜一點。因為今天還有第三公主殿下大駕光臨，實在令人惶恐……是吧？」

一名坐在主人那方上座的中年男子開口勸諫只要沒人阻止就一直說個沒完的女子。他正是帝國陸軍上校米爾特古·泰德基利奇，那張圓臉和微胖的體型與馬修非常相似。

「咦，意思是第三公主殿下會嫁來我們家嗎？這可不得了，我們家的族譜到底會變成什麼樣子啊！」

至於米爾特古上校長年以來的妻子漢娜·泰德基利奇，無論是根據外表還是那豪爽的個性，幾

乎都無法看出她和馬修之間有血緣關係的要素。即使正在和丈夫對話，這段期間內她依然繼續以勉強不會讓人覺得雜亂的動作來準備和人數相同的餐具，並四處移動為所有人倒好飲料。

「討厭的預感果然成真……不，我原本就不覺得這次的預感會落空……」

身為當事者的馬修抱著腦袋趴在桌上。雖然對每個人來說，讓朋友看到自己家庭狀況都是件難為情的事情，然而既然有個性強烈至此的母親，連身為參觀者的這方都會被其氣魄壓倒。實際上直到現在為止，一行人甚至找不出空檔插口進行應酬性的社交。

他們七人在漢娜的引導下來到泰德基利奇家，這是一戶蓋在能俯視周遭的隆起山丘上，外表符合舊軍閥名家地位的宏偉宅邸。樓高三層的厚重建築以磚頭搭建而成，被外牆圍住的廣大庭園裡則有好幾口井和菜園、馬廄以及家畜小屋。大概是為了在發生緊急事態時能夠化為堡壘吧？光靠著用地內的設施，似乎就能生活相當長一段期間。

「好啦，完成了！大家吃吧！戰爭期間應該沒吃到什麼正常的食物吧？」

首先是和香草一起燒烤的巨大羊肉塊，接著是堆得像座小山，看起來肯定超過十人份的鐵板飯被重重放到餐桌上。一股強烈的香料味道往上湧。雖然現在是彼此都還沒正式打過招呼的狀態，但如果沒先吃完飯，看樣子無法著手做任何事情。必須先讓客人填飽肚子似乎是漢娜風格的歡迎方式。

「唔！好吃！馬修媽媽，這個很好吃耶！」

該說是果然嗎？率先對食物動手的人是伊庫塔。他大口咬下帶骨的羊胸肉，接著拿起木頭湯匙，以豪爽動作把盛裝到自己盤子上的大量鐵板飯掃進嘴裡。看到這種似乎會讓人光是旁觀就感到肚子餓了的吃相，其他人也開始受到影響。

「那……那我也不客氣了。」「既然難得有這機會，我也……」

哈洛和托爾威也紛紛開動。兩人把料理送進口中，眼中依次綻放出光芒。

「……哇！真的！這個米飯非常好吃～」

「嗯！雖然羊肉也很好吃，但吸收羊肉精華的米飯更加好吃！」

夏米優殿下側眼看著繼續開心用餐的他們，卻無法掌握自己出手的時機。察覺到這點的雅特麗把分裝到小盤子上的料理輕輕放到公主面前。

「來，殿下也請嚐嚐看。」「啊……嗯，不好意思啊，雅特麗……」

大概是肚子已經在漫長旅程途中餓了吧？一旦把料理放進口中，公主就再也不曾停手。雅特麗一邊在各方面都照顧著這樣的少女，同時也一如往常地開始用餐。就這樣在不知不覺之間，晚餐聚會開始熱鬧地動了起來。

「嗯……唔……馬修，既然你有這麼棒的母親，為什麼不早一點……」

「這就是理由！講白點那正是你喜歡的類型吧！」

「不愧是你，果然很懂我。沒錯，我現在正感受到數年以來的怦然心動。」

伊庫塔停止進食，以帶著熱意的視線陶醉地凝視著漢娜。看到這反應而產生危機感的馬修從旁邊伸出手扣住伊庫塔，以凶惡的聲調說道：

「喂……將來不管是任何形式，要是你敢對我媽出手……在下次的戰爭中，你絕對會因為被人從背後開槍而死……」

「謝謝你提出至今為止最具備殺意的警告。我會銘記於心，吾友馬修。」

在邊吃飯邊吵吵鬧鬧的他們旁邊，座位和米爾特古上校最靠近的薩札路夫也已經開始社交。只是他內心裡還是忍不住邊咒罵這種任務果然還是得由自己來。

「我兒子似乎很受你照顧，暹帕．薩扎路夫少校。」

薩札路夫惶恐地接受這樣說著並勸他喝一杯的米爾特古上校為自己斟酒。

「不不，我並不夠格誇口自己有照顧到令郎……在連續的嚴苛戰況中，令郎一直奮勇作戰到最後。」

他接過酒瓶，也為對方倒了一杯酒。米爾特古上校微微笑了。

「你不必這麼謙虛，我也有聽說過這次戰況究竟是多麼悲慘。既然在最前線作戰還能四肢健全地回來，那麼就是幸運碰上了好長官吧。」

「……根據同樣理由，我明白自己才是幸運碰上好部下。」

薩札路夫帶著自嘲講出真心話，米爾特古上校似乎很不解地歪了歪腦袋。

「……你剛剛不是在客套嗎？看來你對自己的評價真的很低，這讓我有點意外。因為聽說你是北域動亂的英雄，我原本想像會是個更充滿自信的人物。」

「要是讓您失望，實在非常抱歉……只是，如果真的要稱為英雄，我希望這稱讚的對象是指所有在那場撤退戰中奮戰到最後一刻的士兵們。」

他回憶著陣亡的許多部下並如此說道。米爾特古上校也能理解這句話包含的沉重意義，兩人一起舉杯向喪命於大阿拉法特拉山上的眾多將士們奉上一杯酒。

「這次或許要請您接受非常麻煩的請求……」

薩札路夫原本想先致歉作為開場，米爾特古上校卻親切地舉手制止他。

「這件事晚點再說，現在先吃飯吧，薩札路夫少校。」

「呃……可是……」

「小犬能平安回來，我內人真的非常高興，而我也是一樣。所以其他種種先姑且不論，至少現在我希望你能接受我純粹的感謝。這樣真的不行嗎？」

聽到對方這麼說，連薩札路夫也無法搖頭拒絕。兩人換個心情重新乾杯，這時米爾特古上校突然換上僵硬表情。

「……不過，只有這件事我想盡早先問清楚，少校。」

「是，請問是什麼事呢？」

這鄭重的氣氛讓薩札路夫也端正坐姿。上校把臉貼近，在他耳邊悄聲說道：

「實際上，我家這個兒子……和那三人之中的哪個人最要好呢？」

上校偷看著雅特麗和哈洛以及夏米優殿下的臉孔，開口如此發問。這瞬間湧上一股幾乎要衝口而出的笑意，薩札路夫只能拚命忍住。

他一邊藉由腹部使力以抑制發笑衝動，同時覺得眼前的長官實在令人莞爾——這個人果然也是個父親呢……他心想。

吃完晚餐後，眾人先休息了約一小時，才在會客室開始正式的對談。

「……以管理軍事物資之生產為名目，僱用席納克族的難民成為佃農嗎？原來如此……」

聽完薩札路夫說明原委後，上校雙手環胸，露出思索表情。

「我認為這是不壞的提案……但你們真是自己扛起了麻煩事。宣稱這不是你們的責任並拋開問題的做法應該簡單多了吧？」

薩札路夫露出苦笑，坐在他右斜前方椅子裡的伊庫塔則靜靜地搖了搖頭。

「在北域南方的難民營裡，席納克族的人們正因為不安的將來而發著抖度日，唯一的希望是族長娜娜克·韃爾和我們訂下的承諾。要是在這裡拋棄他們，就和薩費達中將至今為止在北域做過的行為沒什麼兩樣。」

伊庫塔望著自己為了那分承諾而親手切斷的小指根部——那雖然已經癒合卻仍舊隱隱作痛的部分，心情也不由自主地繃緊。

在一段時間不算短的沉默過後，夏米優殿下看準適當時機開口說道：

「關於編組新的團級部隊時會遭遇的政治性障礙，還有在新土地上應該會發生的各式糾紛，我可以承諾會基於自身立場盡可能謀求平穩解決。很抱歉必須要求你離開長年居住的土地……但你能接受這個提案嗎？米爾特古上校。」

「…………」

「雖然有點難以啟口，不過實在沒有其他能取代你的人才。要找到在經營團級部隊方面具備確實的成績，而且是能期待對方在面對包括席納克族這種異己分子的集團時，可以不感困擾地掌控韁繩的將校——光是這樣就已經是奢侈的要求，這次偏偏還必須滿足另一個棘手的條件。」

公主說到這裡，抬起眼環視在場的眾人。

「在多次的活躍後，『騎士團』在政治面上成為過度重要的存在。雖然這是在個人等級方面也能夠用來形容所有人的狀況……然而其中必須特別注意的部分，是伊格塞姆的親族和雷米翁的親族隸屬於同一集團的事實。」

托爾威移動視線，悄悄觀察坐在對面客人用座位上的炎髮少女。另一方面，他也分心去想到自己身上那個在不久之前才增加了一顆星的階級章。

「縱使有一半要算是偶然的結果，不過這個現狀也成了帝國軍內部平衡的象徵，也就是顯示出伊格塞姆派與雷米翁派間均衡的指標。不久之前托爾威被通知晉升為中尉的事情，應該也是考慮到這狀況的處置吧。」

隸屬於同一集團，也擁有同樣階級的同僚。身為當事者的兩人，當然也已經理解這是軍方全體樂見的理想構圖……就算他們心中各有複雜的感慨。

「這樣一來，下一個出現的問題，就是要由哪個人來管理這個集團。無論是交給伊格塞姆派與雷米翁派任何一邊的軍人，都會導致勢力失衡因此不符期望。『騎士團』的長官，必須是立場中立且堅定不移的人。」

除了他本人，所有人的視線都集中到米爾特古上校身上。沒錯，這是第二個理由。

「除了你以外別無其他人選，米爾特古上校。靠著罕有的平衡感，沒有被任何一方勢力併吞，從亂世到現在都以不變之姿生存至今的舊軍閥名家泰德基利奇的剛毅氣質……這種中立性甚至獲得了元帥和上將的信賴。只有你能在不使周圍產生無謂不安的狀況下擔任騎士團的上級。」

對於這個評價，米爾特古上校也沒有提出不必要的謙遜。公主的見解沒有錯，就像是伊格塞姆以白刃的技術為傲，雷米翁以槍擊的手腕自豪那般，泰德基利奇正是把自身的中立性引以自負。

「當然，不只『騎士團』的五人，還有和他們有深厚交情的我本身，以及成為北域動亂之英雄的薩札路夫少校該如何對待的問題，毫無疑問也是讓高官們煩惱的要素。正因為如此，才會希望你可以一口氣扛起所有責任。」

「…………」

「我很清楚這是厚臉皮的要求，也對自己只能拜託他人的無力現狀感到很羞愧……然而，能請你務必考慮看看嗎？可以不必為了我等，但是請為了那些現在仍繼續在帳篷裡過著嚴苛生活，許許多多的席納克族難民著想……」

公主從椅子上起身並打算低頭請託，這時伊庫塔卻突然站了起來，用雙手夾住少女那沒有防備的後腦。這亂來的舉動讓米爾特古上校瞪大雙眼。

「呃……！索……索羅克……你做什麼……！」

「我知道妳是想要表達誠意，但不可以隨便對別人低頭啊，公主。在這次的情況中，讓公主不得不低頭的事實反而會把米爾特古上校逼進絕路裡。」

理解伊庫塔的言外之意後，公主也紅著臉重新坐好。由於兩人間的互動完全超乎想像，讓米爾特古上校一時啞口無言。

在對話暫時中斷的這個時機，漢娜用單手拿著裝滿葡萄汁的大瓶來到現場。

「有什麼關係呢，你就接受吧，老公。」

她一邊四處把已經空了的杯子再度裝滿，同時也開口發表意見。

「或者該說，你沒有理由拒絕吧？因為當我們在自家安穩度日的期間，這些孩子卻在前線賭命奮戰吧？」

米爾特古上校重重點頭，另一方面，夏米優殿下卻覺得坐立難安。因為只有她並不符合「在前線賭命奮戰」這句稱讚。

「雖然結果發生實在沒有辦法只好帶回來的問題，但這點小事如果我們沒有出面處理，你倒說說該怎麼辦？快下決心吧。席納克族的難民是不是有四千人？才這點人我可以全都一起照顧。」

漢娜宣稱四千名異民族是「才這點人」的豪邁氣魄讓米爾特古上校露出苦笑。慎重思考的丈夫，推著他往前的妻子——說不定這就是這對夫妻的相處方式。

「……事情大概正如內人所說吧，實際上我本人也很想爽快接下這個任務。」

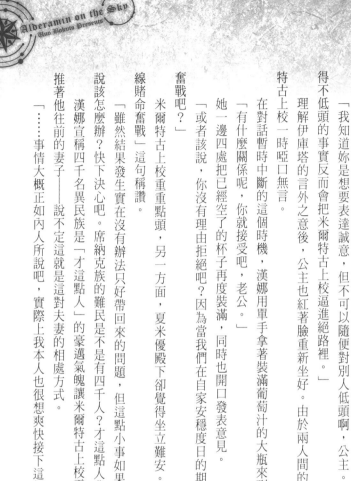

上校一口氣喝乾剛倒好的果汁，轉身重新面對公主。

「……然而，由於我身負單獨管理本州武力的責任，沒有立場可以輕率回答。現在還請……再多給我一點考慮的時間。」

時刻已到深夜，總之談話決定暫時休息。公主等人被帶往各自的房間，在戰場上根本無法奢求的溫暖清潔床鋪上度過一夜。

然而，數小時後。有個人在天還沒完全亮之前就從夢中清醒，靜靜地爬下床。

「呼……現在差不多是凌晨三點嗎？再怎樣應該也還沒有任何人已經醒了吧……」

「怎麼了，馬修？現在起床還太早。」

在昏暗的房間中，從上一世代就拿來使用的古老木製床鋪和櫃子占據了地板面積的一半。待在床鋪旁籃子裡休息的風精靈圖因為注意到主人的動靜而爬了起來。體型微胖的少年也把視線轉到搭檔身上。

「必須早一點才行啊，要不然會遭到阻礙。好了，趁現在出門吧。」

已經起床的馬修迅速換好衣服，和圖一起離開自己房間，以盡量不發出聲音的動作走下樓梯來到一樓。途中他還繞去廚房拿了兩餐的食物塞進包包裡，接著直接從後門離開家中。

他首先前往位於宅邸用地內的馬廄。由於將近二十匹的馬注意到有人接近而接連清醒，馬修趕緊出聲安撫牠們。不久之後他發現目標的那匹馬，掛著微笑逐漸靠近。

「好久不見了，納倫。沒有忘記我吧？」

馬修伸出手後，那匹茶色的馬也把頭靠了過來，像是在回答剛才的問題。他享受了一陣和愛馬重逢的喜悅，接著把馬鞍放到馬背上並讓馬咬好馬銜，帶著愛馬離開馬廄。

「好，走吧──！」

正當馬修下定決心並把腳踏上馬鐙時，他的肩膀突然被人拍了一下。

「你打算上哪去？吾友。」

「……咦？」

背後傳來熟悉的聲音。馬修扭曲著臉轉過身子，不出所料，眼前出現一個滿臉笑容的黑髮少年，還有另一個看來有點困惑的青年站在他身旁。

「你……你們兩個……為什麼……」

「先提問的人是我耶。傷腦筋啊，馬修，你打算丟下我們一個人上哪去啊？而且你不但特地動用到馬匹，好像還周到地在包包裡放了便當吧？」

「抱歉，小馬……我也是被阿伊叫醒……」

伊庫塔開口逼問，旁邊的托爾威則帶著苦笑嘆了口氣。微胖的少年露出痛恨表情狠狠搔了搔腦袋。

「……我有點事要辦。畢竟很久沒回老家，我本身也有很多安排。」

「所以才要騎馬遠行嗎？好～我們也陪你一起去吧。哎呀別客氣，反正我們很閒嘛。」

「這種時候你應該要懂得進退吧……啊～可惡，明明我還為了避免變成這樣而特地早起。」

馬修雖然一臉苦悶地抱怨，但這次卻很快放棄。他先重重嘆了口氣，才伸出食指指向馬廄。

「……如果你們無論如何都要跟來，就快點去騎馬。我要以相當快的速度移動，要是跟不上我可會丟下你們。」

「雖然我完全沒有自信，不過會試著努力。好啦，最聰明又好駕馭的馬是哪一匹？」

「我家是沒有那種極端難搞的馬啦……不過最好避開右邊數來第二匹和第七匹，還有左邊數來的第五匹，牠們的性子都有點激烈。還有最裡面那兩匹也別選，那是我老爸跟老媽的馬。至於馬鞍和轡繩是在那邊──」

馬修一邊跨上愛馬，同時對走入馬廄的兩人提出建議。在講出乘馬用具的收納位置前，他突然想到只要直接策馬衝出就可以拋下兩人──然而很不可思議的是，即使察覺到這點，他卻提不起興趣實行。

「……馬鞍和轡繩放在入口旁邊的櫃子裡。別拿下面的舊東西，因為裡面的木屑會刺傷屁股。」

三個人駕馬在早晨的澄淨空氣中並排往前奔跑，翠綠的田園風景沿著視野左右兩端流逝而去。他們一邊把身子交給舒暢的疾馳感，同時也在馬上開始對話。

「……我是要去向各處的當地居民打招呼啦。農家都很早起，如果還想繞去遠方，即使從這時間開始動身也不會太早。所以啦，就算你們跟著來，我想也不會發生什麼有趣的事情。」

「既然要辦無聊事，更不需要一個人去做啊。你不需要顧慮我們，馬修。」

伊庫塔邊以比一般水準還要差一點的技巧控制馬匹，同時這樣的回應。隔著中間的馬修，左側的托爾威也輕輕一笑。

「……我倒是覺得很有趣喔，小馬。因為你想想看，這是我們三個人第一次在和任務或訓練無關的情況下騎馬遠行。可以騎著馬，和朋友一起在未知的土地上奔馳——光是這樣，就已經讓人感到興奮期待。」

「只有我是回到故鄉，這樣很不公平吧……既然你這麼認為，那下次換托爾威你帶我們去你的老家吧。」

「我家那邊嗎……當然沒有問題，不過我覺得自己家並不是像小馬你家那樣能夠放鬆的地方。啊，不過，我母親的料理好吃到不比漢娜阿姨遜色喔。」

「——哦~我突然覺得很有興趣，我看早點找個機會讓你把母親介紹給我吧，小白臉。哎呀~看來我居然粗心疏忽了一件重要事項。就是那惹人嫌的端正長相只要追本溯源，很可能會是個美貌的女性！」

「所以說我不是叫你別老是看上朋友的母親嗎！喂，托爾威，千萬別把這傢伙帶去你家，傳言中在米特卡利夫家發生過的悲劇將會在你家再度上演！」

當一行人吵吵鬧鬧時，載著他們的馬匹持續踏著大地前進。不久之後從東方地平線露臉的朝陽趕走暗夜的殘餘勢力，將光芒帶給大地。

「哇……」

托爾威口中發出感動的嘆息。一望無際的廣大田地，還有因為朝露反射光芒而燦爛耀眼的稻穗都化為讓人忍不住睜大眼睛的美麗光景向外展開。

就連發表感想似乎都很不解風情，讓他們每一個人都自動自發地閉上嘴巴。接下來的一小段時間內，到非常短暫的朝霞時間結束為止，三人都只是默默地讓馬匹持續往前奔跑。

「——哎呀，你不是泰德基利奇家的少爺嗎！好久不見了！」

「我有聽說過你的表現！沒想到那個流鼻涕的小鬼居然會成為騎士大人凱旋歸來啊！」

每到一處民家和田地，馬修都和認識的當地居民們親密地相互招呼交談。他這種無論到哪裡都受到人們以笑容迎接的模樣，也顯示出泰德基利奇家在這個艾伯德魯克州裡的立場。

「啊！是馬修哥哥！那個那個，中央的土產呢？」

「我沒準備那種東西。不過才一陣子沒見，你倒是長大了嘛，凱納。」

「不不，就算只有身體長大，心態也還是個小孩子。從早到晚都只會到處玩，根本很少來田裡幫忙。」

雖然父親面露苦笑，但是把手放到衝向自己的孩子頭上後，馬修臉上卻難掩訝異神色。伊庫塔和托爾威在隔著一小段距離的位置停下馬，旁觀著這樣的光景。

「小馬真的很受歡迎呢，我和自家附近的居民們並沒有那麼親近。」

「嗯，若要比較在自家地區的受歡迎程度，輸了也是正常吧。因為泰德基利奇家從軍閥時代就開始治理這裡。」

對於伊庫塔的分析，托爾威也不感詫異地點頭附和——由於包括雷米翁家在內的「忠義御三家」在亂世結束的同時就把當時擁有的領地奉還給皇帝，因此和土地的緣分在當時曾經一度斷絕。即使另外獲得能組織國軍的立場作為代價，但是對於過去領地的支配權限已經在這時失去大半。

至於其他的舊軍閥名家基本上也是相同狀況，只有泰德基利奇家稍微不同。他們以當地居民的支持特別深厚為理由，獲准就這樣繼續居住在祖先代代傳下的土地上。當然駐屯於此的士兵數量被大幅削減，立場上也頂多只是基於軍方命令前來此地赴任的軍人……然而事實上，在這數百年以來，艾伯德魯克州駐屯部隊最高指揮官一定是由泰德基利奇的親族擔任。

「如果要說他們只是守住了世襲的既得權益，或許也真的只是如此。不過泰德基利奇家了不起的地方，是他們很快就拋開原本身為支配者的舊態度，配合時代潮流的變化逐漸調整自己的存在方式……即使在中央派來的文官們掌握政治實權後，他們也完全沒有做出類似意圖爭奪勢力的行徑。而是以擁有豐富地方自治經驗的前輩身分退居一旁，並藉由對煩惱該如何執政的文官們多次伸出援手的行為，來持續彰顯出自身的存在感。」

看在伊庫塔的眼中，這種柔軟而且遵行現實主義的態度獲得了他的好感。然而若要問他是否對此全面肯定？倒也不是如此。因為姑且不論他個人的好惡，在其他地方也有問題。

「……或許以政治上的顧問來說，泰德基利奇家實在過於優秀。無論什麼事情他們都受到過度的依賴，甚至到了導致真正身為執政者的文官們忘記了自身職責。雖然不只泰德基利奇家，有許多前往帝國內各州赴任的高級軍官都符合這種狀況……不過如果既是如此，以結果來說，或許艾伯德魯克州的經營方式在過去就已經占卜出帝國的前途了。」

從途中開始，這段話幾乎成了獨白。注意到旁邊的托爾威詫異地睜大雙眼，伊庫塔也猛然回神。少年甩甩頭趕走思緒，這時打完招呼的馬修剛好回來。

「這邊也結束了。看太陽已經爬得挺高，到下一個地方後就吃飯吧。」

「這提議好！是說馬修，你的包包裡有準備我們的餐點嗎？」

「想也知道沒有，因為我原本打算一個人行動啊。」

聽到這回應的瞬間，伊庫塔很快換上悲傷的表情，甚至直接無力地整個人倒到馬脖子上。微胖的少年雖然對這模樣感到不以為然，但還是伸出援手。

「……算了，如果是等會要去拜訪的人們，應該會提供你們午餐吧。因為我也是從以前就很受照顧。」

「接下來要去哪裡呢，小馬？還是農家嗎？」

馬修搖了搖頭，然後指著北方開口：

「往那邊去有毛織物的工廠。那裡是因為各種原因而無法保住田地或牧場的女性們……例如寡婦們聚集在一起工作的地方。現在正好是午飯時間，只要過去一定……」

「衝吧我的愛馬！全力以赴！」

伊庫塔沒等馬修講完就開始往前狂奔。年長的女性和食物，這兩個要素讓他瞬間復活。

「啊……阿伊……？」「喂……你就算先走也不知道正確地點在哪吧！」

看著遠去的背影逐漸變小，馬修和托爾威也慌慌張張地策馬追了上去。

他們往北跑了約十分鐘後，目的地的場所隨即映入眼中。那是組合削平木頭搭建而成的低矮樸素建築物。然而，隨著一行人逐漸接近，馬修的眉頭也愈是深鎖。

「……？小馬，我怎麼覺得這裡似乎沒人？」

托爾威也提出不對勁之處。正如他的指摘，這棟建築物顯得很安靜。若說有許多人在裡面工作，卻沒有任何對話的聲音或工作的聲響傳到外面。

「嗯，的確奇怪。應該不會休息才對……」

馬修不解地歪著腦袋，但還是繞過建築物來到正面入口。他翻身下馬並推開大門，於是出現在眼前的是——別說是忙著紡織的人們，甚至連機具都不存在的空空蕩蕩光景。

「……這是……怎麼回事……」

踏入室內的馬修茫然呆站，跟在他後面進來的伊庫塔則環視周遭。

「根據地板上累積的灰塵厚度，這建築物無人管理的狀況並不是在這一兩天才發生的事情。話雖如此也不是好幾年前的事，我想大概是兩到三個月吧？」

「就算你這樣說……但原本有相當多人在這裡工作啊。」

微胖的少年無法相信眼前的狀況，在室內四處走動了好一陣子，然而這裡已經什麼都不剩。唯一能明白的情報，只有此處已成為工廠遺跡的事實。

不得已只好離開室內的一行人正不知如何是好，這時突然有一名喘著氣跑向此地的女性身影進入眾人視線。對方的年齡大概是三十幾歲吧？細瘦的體型穿著已經變舊的藍色連身裙，肩上掛著小小的背包。確認這女性身影的那瞬間，馬修的臉孔猛一下亮了起來。

「……大姊！妳不是米妮耶大姊嗎！」

「呼……呼……啊，果然是馬修。幸好有趕上，因為我看到你們騎著馬過來……」

「好久不見了。那個啊，我剛剛去看過工廠內部了……這到底是發生了什麼事？現在已經沒有任何人在這裡工作嗎？究竟是為什麼……」

極為困惑的馬修連續提出好幾個問題。被稱作米妮耶的女性先花了一點時間調整呼吸，才開始一個個回答他的問題。

「……雖然很遺憾，但工廠已經關閉了。這是兩個月之前發生的事情，原因是人手不足。」

「人手不足……？怎麼會，我在的時候明明還有那麼多人，一整個很熱鬧啊！」

「在這三年間，同事們都一個接一個辭職。這也沒辦法，因為即使在這裡工作也無法餬口……也有很多人什麼都沒說就直接消失。撐到最後的人只有我跟老資格的幾位婆婆而已，但是大家現在也都各分東西了。」

「是因為工錢大幅調降嗎？當然我也知道原本就不是很多，但居然連餬口都沒辦法……」

米妮耶從正面凝視著馬修悲痛的表情。

「……看這反應，馬修你還沒聽說吧？好，我把一切都告訴你。讓我們無法靠工作餬口的原因，並不是因為工錢調降——」

乾燥的嘴唇講出了事情的來龍去脈，馬修等三人以僵硬的表情側耳傾聽詳細的內容。

「——沉重的人頭稅？」

公主以嚴峻的表情開口。馬修等人在將近傍晚的時候結束四處拜訪的行程回到宅邸，並把所有同伴聚集到被安排為眾人寢室的其中一間房內，準備召開一場會議。至於議題，當然是從米妮耶那邊聽來的紡織工廠停業相關內容。

「這種顯得日子很難過的消息還來得真突然。意思是這個州的居民被課了甚至連想吃飽都會有問題的重稅嗎？」

坐在床邊的薩札路夫沉吟著。由於這裡是兩人用的房間，即使已經從其他房間搬了張椅子過來，但總共也只有三張的椅子全被讓給了女性們，男性成員則各自在兩張並排的床鋪上找了地方坐下。

「我想正確來說，這應該是僅限於女性的狀況。基本上所謂的『人頭稅』和經濟能力或納稅能力並沒有關係，而是針對受到法律支配的所有對象徵收的稅金。而這次，我們聽說是在艾伯德魯克州生活的全部女性都被課了重稅。」

托爾威簡潔地總結要點，旁邊的伊庫塔邊往床上倒，同時開口說道：

「簡言之，這是以女性為目標的加稅。而且催收似乎異常嚴苛，甚至把原本就簡樸度日的人們壓迫到已經活不下去的程度。」

「那……那種情況很奇怪啊！雖然我對經濟並不清楚，但所謂的稅金應該是為了營造出讓人們更容易生活的社會才必須收取的東西吧？要是因為催繳稅金而讓人們餓肚子，根本是本末倒置嘛！」

哈洛皺著眉提出異議，馬修一邊對她的義憤反應感到共鳴，同時雙手抱胸露出思考的表情。

「……剛才，我有去找我老爸問過情況。他當然知道居民被課了沉重的人頭稅，也確實掌握了那間工廠關閉的事情……或者該說，我老爸似乎就是因為這個重稅相關的問題，所以才會猶豫著不願意在這時期離開艾伯德魯克州。」

「……原來如此，談過之後我有感覺到他身上似乎受到某種束縛，原來是有這種隱情。」

而這種因果的線也綁住了他們本身。公主以總算領會的態度點點頭，繼續發言：

「——既然知道米爾特古上校的升遷路上有障礙，現在就不該繼續坐著等待回答。更不用說這個問題還和執政者有關……看樣子人選已經確定。在目前成員中有可能直接干涉行政的人，原本就只有我一個。」

聽到夏米優殿下以下定決心的語氣如此宣言，其他所有人的視線都集中到她身上。

「艾伯德魯克州的敕任官——也就是在行政上的首席長官是帝國貴族提傑尼・哈馬特耶子爵。在稅金方面無論是要頒布新法還是要撤除舊法，都全部委由這男人做出最後決定。如果要鎖定進攻目標，就是要從此處下手吧。」

「這等於是要插手干涉州政治，以殿下的立場能夠辦到這種事情嗎？」

雅特麗語帶關切地發問，公主並沒有立刻回答，而是雙臂環胸並開始思考。

「……正常來說很難。敕任官是由皇帝任命的地方政治之主要負責人，雖然其權限和過去的領主相比已經受到相當多的限制，然而特別是關於徵稅的方法，可以說是全權委任給他們。能夠公開對敕任官下令的人只有皇帝，即使我憑著皇族的權威試圖干涉，大概也只會遭到嘲笑退回吧。除非能有什麼分量足夠的交涉材料才能另當別論。」

「意思是使出強硬手段也沒有用嗎……」

「這也沒辦法。縱然是惡法，也是按照應有步驟頒發的法律。如果是那種會因為權貴人士開口就被整個推翻的制度，反而會導致政局陷入混亂吧。」

夏米優殿下先以法律的秩序作為前提，才開始評估自己能力所及的範圍。

「一切都必須根據實際情況——現在我只能這樣說。雖然目前光根據聽到的情報，我並不認為那是正常的措施，不過如果是根據本州現況施行的妥當政策，也不能因為旁人的橫加干涉而將其推翻……只要詳細調查艾伯德魯克州的現狀，應該就可以看清決定針對女性課以沉重人頭稅的敕任官有何意圖，以及是否有交涉的餘地。首先只能先做到這種程度。」

對於這個方針，在場所有人都點頭回應。由於是自己的領域發生問題，公主似乎產生了前所未有的幹勁。伊庫塔從正面望著她的臉孔，一本正經地開口說道：

「……正如公主剛才所說，在這些成員中，有立場能和敕任官直接交涉的人只有妳一個。雖說我們也會在能力所及的範圍內提供協助，然而關鍵的部分還是要委交給妳負責。」

「……嗯！」

「既然已經明白這點，那麼也好。這案件的主角是妳，還請盡情努力——記得要盡量讓我可以躲在旁邊偷懶。」

伊庫塔這樣煽動完公主後，再度仰躺回床上。即使表面上露出對他這種態度很不以為然的反應，但公主卻不由自主地感受到自己內心揚起一陣興奮——畢竟對她來說，這名少年是第一次把某件事情託付給自己。

「首先我想去看看現場。如果這種起源於加稅的問題有在哪個地方表現得最為顯著，能不能把地點告訴我呢？」

隔天早上。在眾人和之前一樣圍著餐桌吃飯的情況下，昨晚把進入夢鄉前的漫長時間都花在思考上的公主略為探出身子，提起這個話題。講到她的旺盛熱忱，甚至讓人能一目了然。

「……啊……噢……呃，這個嘛……」

然而，不知為何身為關鍵的米爾特古上校卻吞吞吐吐。焦急的殿下打算繼續追問，這時伊庫塔卻開口說話，就像是有意蓋住她的聲音。

「哎呀～連早餐也很棒呢！尤其是這個用米煮成的稀飯味道溫和，真讓人開心。先用牛奶熬煮成甜粥後再加入葡萄乾，這種做法在其他地方都沒有看過。」

「噢，那是這一帶的地區料理。因為營養豐富又容易消化，就算是沒有食慾的時候也能夠順利吃下。在小犬的離乳時期，我們也是讓他吃這個。」

話題很快就被轉開，公主提出的要求在餐桌上霧散雲消。

「根本沒有必要連那種事情也提起……喂，伊庫塔，你也別再繼續奉承，乖乖安靜吃飯吧。要不然我老媽會沒完沒了地叫你再來一盤喔。」

馬修邊嘆氣邊說。正好這時漢娜也從廚房過來，在快要清空的兒子盤中追加了三根相當有分量的香腸。

「肉跟稀飯以及水果都還有！大家要盡量吃！」

「啊……不……我已經……」

肚子幾乎已經滿了的公主打算推辭，但委婉的示意卻沒能讓對方理解。她的盤子裡被咚咚咚地追加了烤得焦香的香腸和加熱過的蔬菜。

「公主殿下現在正是成長期，要是沒有確實攝取營養可無法長大喔！」

漢娜邊這樣說，同時繞過餐桌，接二連三地為眾人加菜。雖然這分量讓她感到驚慌失措，但認為把送上桌的食物全部吃完才合乎禮儀的夏米優殿下也只能下定決心，重新拿好湯匙。

「嗚嗚……好痛苦……」

不出所料，吃完飯後有好幾個人因為吃太飽而呈現無法動彈的狀況。夏米優殿下和托爾威以及薩札路夫躺在會客室的長椅上，由雅特麗和哈洛分別負責照顧公主與另外兩人。

「您還好嗎，殿下？要是真的很不舒服，可以讓哈洛幫您準備胃藥。」

「不……不必，沒有那麼嚴重……但我實在無法接受……妳和哈洛吃下的食物也不比我少吧？身材嬌小的我也就算了，明明還有兩個成年男性也是那種樣子，為什麼妳們卻能夠如此安然自在？」

面對以疑問眼神看向自己的公主，雅特麗一臉若無其事地「嗯哼」咳了一下，哈洛則是發出了「啊哈哈」的曖昧笑聲。換句話說這就是答案。

「雅特麗和哈洛都是大胃王呢。哎呀～這樣很好。」

伊庫塔顯然是存心講出這種沒神經的發言。至於他本身，也從先前開始就一直把裝在籃子裡的某種食物塞進嘴裡。那是把煮過的米拿去油炸後再灑上砂糖的點心，原本是要作為茶點，但伊庫塔卻去拜託漢娜分一些給他。

「只有你沒資格說我們。你已經不只是大胃王，而是口不擇食吧？」

「如果妳是在說吃蟲的事情，那只是所謂的飲食文化差異。」

少年大言不慚地回應。夏米優殿下保持借用雅特麗膝蓋為枕躺下的姿勢，開口介入對話。

「索羅克……吃飯時，你為什麼打斷我的問題？」

「我那樣可是在打圓場耶。因為上校也很困擾，要是放著不管，氣氛應該會變得很尷尬。」

「嗯，我隱約有察覺你的這種意圖。但是，我不明白自己的什麼行為讓上校感到困擾。希望他能告訴我起源於加稅的問題在哪個地方表現得最為顯著——這樣問有哪裡不得體？」

看到公主追求答案的真摯眼神，少年也停下拿零食吃的動作轉過身子。在這時雅特麗已經預測出事態會如何發展，她嘆了口氣繼續旁觀，伊庫塔則一臉得意地開始說明：

「只要照順序思考就能明白——首先，目前在艾伯德魯克州造成問題的沉重人頭稅是只針對女性徵收的稅金吧？」

「嗯。」

「然而原則上，所謂徵稅在管理時是以家庭為單位。雖然我想公主應該也很清楚這點，但妳知道是基於什麼理由嗎？」

「單純只是因為這樣比較有效率吧？例如在有雙親與兩名成年子女的四人家庭中，不一定每個人都能賺取足夠的收入。因此以身為一家支柱的父親收入為中心，視情況拿用其他家人的收入來補貼的形式應該占多數吧？那麼身為收稅的這一方也該以家庭為單位進行回收——也就是選擇以父親的收入作為主要目標的方式會比較省事，也能減少錯漏的可能性。」

「正是如此。那麼，如果是剛才的情況，『專門針對女性的加稅』所造成的負擔，到頭來還是會由夫妻共同扛起。意思是實際上和單純的加稅並沒有什麼不同。」

「也對……至少那樣並不能算是受到『專門針對女性的加稅』明顯影響的情況。」

看這種理解速度完全不慢的反應，只能說真不愧是夏米優殿下，表現果然優秀。然而，也有些念頭卻會受阻於頭腦好壞以外的原因。伊庫塔慢慢換上不懷好意的表情繼續說著：

「對於那種身處的家庭擁有確實收入來源的女性來說，這次的加稅並不致命。那麼反過來說，加稅對於什麼樣的人會成為嚴重問題？」

「第一個會想到的答案，就是獨身的女性吧。和相同境遇的男性相比，獨身女性不但選擇職業的範圍會受到限制，而且無論如何，收入都有較低的傾向。加稅的負擔也必須由自身扛起。」

「這次又是正確解答。所以換句話說，如果『專門針對女性的加稅』會在哪個地方呈現出特別明顯的影響，意思是那個地方就是聚集了獨身女性的場所。我們昨天去拜訪的紡織工廠符合這個條件，我也可以聯想到好幾個沒有家庭的女性會聚集的職場——不過在這些答案中，應該有一個規模特別突出的場所吧？」

在這個時候，除了公主以外，幾乎所有人都已經得出答案。伊庫塔雖然察覺這種氣氛，卻故意裝作不知道，繼續開出針對性的條件。

「如果米爾特古上校知道那個場所，那麼恐怕是一個和軍方也關係深厚的地方吧。同時，還是在餐桌上面對公主時會難以啟口的那類——」

「是妓院，殿下。」

雅特麗打斷開始得意忘形的伊庫塔，先講出了答案。少年整個人都結凍般僵住。

「聚集了獨身女性，而且和有許多獨身男性的軍隊關係深厚，而且還會讓人不願意在吃早餐時拿來當作話題的場所。合乎這些條件的地方只有那裡。」

這次公主也很快就理解，依然把頭枕在雅特麗膝上的她迅速面紅耳赤。同時伊庫塔也頹喪地屈膝跪在地上。

「過分……真過分……雅特麗妳太狠了……本來我預定接下來要吊胃口再吊胃口，直到公主發現自己以外的所有人都早就明白答案後才總算要開始解答……」

「既然你的企圖從最初一開始時就如此明顯，我當然不可能把這種不軌念頭丟著不管——殿下，請您千萬不要介意。剛剛那是沒有聯想到也不要緊的答案。」

雖然雅特麗的機智讓傷害降低，但公主仍舊受到不小的衝擊。看到她就這樣陷入沉默，炎髮少女握起公主的手表示安慰，同時對犯人送出冰冷的眼神。

「……除了沒有意義的刁難行動，你應該有在思考稍微具備建設性的事情吧？」

「嗯……關於這部分，因為公主的意願是要前往現場視察，所以就照著這方針來做吧。」

伊庫塔從失望情緒中恢復並站起身子，把手抵到下巴上，看了同伴們一圈。

「因為馬修是當地人士，再怎麼說都得跳過……只能用消去法來決定成員。首先是小白臉，還有薩札路夫少校……兩位和我一起去調查吧。」

「啊……好——」「不，等等！別急著答應，托爾威中尉！」

托爾威反射性地想要給予正面回應，但他的長官卻舉起一隻手阻止。

「……我說，伊庫塔中尉。雖然可能是我想太多了，但根據剛才的對話，你嘴裡的調查感覺是要去……」

「如果有哪個人問我，女性最容易透露口風的地方是哪裡——」

伊庫塔沒讓少校把話問完，開始滔滔不絕地說明。

「我能夠立刻回答……就是在床上。」

「……咦？」

和公主差不多清純的托爾威終於察覺對方沒有明說的結論。伊庫塔咧嘴露出賊笑接近這樣的托爾威，伸出雙手用力抓緊他顫抖的肩膀。

「我說啊，小白臉。我可聽到了喔，你剛剛有說過『好』吧？」

「等……等一下！你先等一下，阿伊……！」

「還有什麼好猶豫的，能夠活用你那張臉的機會終於到來了，不是嗎？畢竟講到妓院，基本上就是得進行潛入調查啊。也沒什麼，你只要在耳邊稍微輕聲講點甜言蜜語就好了，那樣一來無論你問什麼，對方肯定都會一股腦托出。哼哼哼……唉～真是讓人羨慕，讓人嫉妒……實在可恨啊啊啊啊混帳……！」

「你……你冷靜點！伊庫塔中尉！至少該決定你到底是要笑要哭還是要生氣！」

看到伊庫塔露出駭人表情抓著托爾威的肩膀用力晃動，薩札路夫慌慌張張地想把他拉開。即使如此少年依然頑固地糾纏對方，這時公主丟出的垃圾桶直接命中他的後腦。

「你……你的想法到底有多下流……！誰會允許你們進行潛入搜查！」

少年一邊拍掉蓋在頭上的垃圾，同時露出大膽的笑容。

「哼哼……按照命令行動的人是二流，不需要下令就行動的人才是一流。阻止我也沒用，公主。我已經下定決心，無論必須付出何種犧牲，都要毅然執行這個作戰！」

「這……這傢伙真的有病……！明明嘴上講著些蠢話，眼神卻極為認真……！」

「目的跟手段根本已經本末倒置了……！」

並肩站在一旁的馬修和哈洛都已經看傻了。身處由於伊庫塔這種徹底耍賴的態度而整個陷入混沌的現場，公主殿下仍倔強地插口反對。

「不行不行！我不允許！堅決不允許！不管你還想說什麼，都絕對禁止！」

「這樣太蠻橫了！明明潛入搜查這行為本身的有效性根本毋庸置疑，公主妳有什麼正當理由能限制我們的行動嗎？不，沒有！不可能有！」

「這……這是那個……基本上，托爾威根本不願意吧！薩札路夫少校似乎也不太積極，在人選當中明明只有你一個人有意願！」

「……喔？的確，這傢伙看起來似乎是真的不願意……」

伊庫塔把視線從眼前的托爾威身上移開，轉往背後，橫著眼望向站在後面的長官。

「……薩札路夫少校。請問一下，你討厭妓院嗎？」

「……咦？啊……不……那個……」

「好！回答時吞吞吐吐就表示答案是否定！正如各位所見，實際上少校也有意願前往！」

聽到這句話的瞬間，夏米優殿下以相同的冰點下視線望向眼前的兩名男性。她無視薩札路夫悲痛的辯解，全力動著腦袋，只為了要重挫伊庫塔的企圖。

「……有替代方案，如果有替代方案的話你就沒意見吧！」

「哦？在必須前往妓院收集情報時，公主妳能找出有效性在潛入搜查之上的替代方案？有趣，就讓我洗耳恭聽吧。」

即使伊庫塔如此提問，但公主殿下卻還沒有具體想法。她拚命地再度檢討起自己手上可用的籌碼。

「……有資金，如果支付金錢作為報酬，就能夠輕鬆從娼妓那裡得到情報……」

「很遺憾，出局。以這次的情況來說，在現場四處撒錢的行為別說是讓情報收集更有效率，反而會引來更多的假消息。」

伊庫塔不屑地笑著。公主雖然因為他的態度而不甘咬牙，但還是繼續思考。既然無法用錢買到情報，那麼只要追求金錢以外的代價即可。

「……不要撒錢而是動之以情就可以了，就是這麼一回事吧？」

「那麼為了達到目的，最有效的方法就是在床上的枕邊細語。」

「還……還有其他辦法！人類的感情並不是僅限於男女之情！」

公主這樣說完，以強烈的眼神瞪向伊庫塔。在自己也不明白為什麼要固執至此的情況下，少女還沒仔細斟酌，就把剛想到的點子說了出口。一時不察，就已經脫口而出。

＊

馬庫提卡位於來自東西南北的幹線道路之會合地點，以「艾伯德魯克州中最繁盛的城鎮」而聞名。

即使在熱鬧程度上遠不及帝都邦哈塔爾，不過仍然有以運送古那米的行商為首的大量人口湧入此地；而且最重要的是，以這個城鎮的規模來說治安算是很好。這不只是人口密度的問題，也是由於艾伯德魯克州特有的豐饒土地減少了因為填不飽肚子而涉入犯罪的人們。

話雖如此，這種秩序也絕不是在人們聚集的過程中自然形成的結果。城鎮發展的過渡期間，治安維持方面曾經發生過各式各樣的問題。其中一個問題就是關於當時已經在城鎮中各處四散存在，但相關法律尚未規劃完成的妓院。

在民家和商店中夾雜著妓院的狀況，屢屢在當時的居民之間引起糾紛，例如因為外遇被抓到而引發的傷害事件等等。然而被視為最嚴重問題的是，連一般的酒館和旅社都和妓院結盟做起生意的事態。某些娼妓會前往熟識的酒館搭訕男性，成功後就在旁邊的旅社租用房間——以這種模式，追求相互利益的各業種巧妙地互助合作。甚至還發生過主張在妓院中等待客人指定的娼妓反而在全體中是少數派的情形。

到哪裡算是娼妓的領域，哪些是意圖賺錢的營業行為呢？要看什麼地方才能區分出職業的娼妓和不是那樣的女性？男性們已經是一頭霧水。在依然沒弄清楚的狀況下發生關係，當然會產生認知上的分歧。

例如當時曾發生這樣的事件。某天早上，有個前往酒館搭訕到一名女性並和對方共度一夜的男子醒來後，發現身旁已不見女性的蹤影，而且錢包還被洗劫一空。知道自己睡著時錢財被偷走的男子氣到發狂並尋找女性，卻發現那名女性待在昨天兩人相遇的同一家酒館裡，而且正在向其他男性逢迎獻媚。

「妳這臭女人，居然敢騙我還把錢偷走！」面對怒不可遏的男性，女性卻以冷淡的語氣反駁。

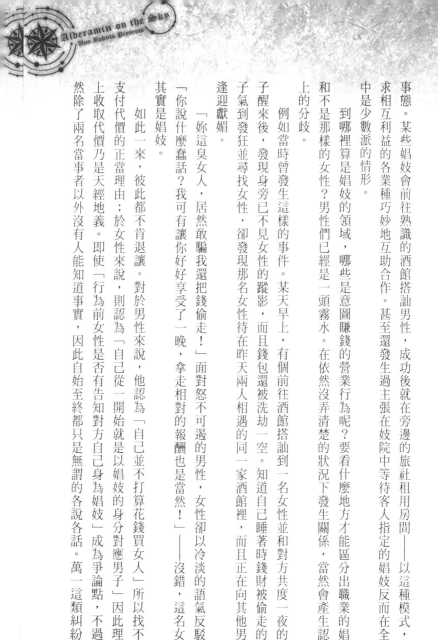

「你說什麼蠢話？我可有讓你好好享受了一晚，拿走相對的報酬也是當然！」——沒錯，這名女性其實是娼妓。

如此一來，彼此都不肯退讓。對於男性來說，他認為「自己並不打算花錢買女人」所以找不到支付代價的正當理由；於女性來說，則認為「自己從一開始就是以娼妓的身分對應男子」因此理論上收取代價乃是天經地義。即使「行為前女性是否有告知對方自己身為娼妓」成為爭論點，不過既然除了兩名當事者以外沒有人能知道事實，因此自始至終都只是無謂的各說各話。萬一這類糾紛持

「既然歉收，正常來說不是應該減輕賦稅嗎？」

「不，古那米的情況有些不同。艾伯德魯克州的稅捐制度基本上已經指示居民必須以貨幣繳納，但僅限於一部分穀類則是推薦以實物繳納。而古那米在這些穀類中也算是特例，因為換算成貨幣的基準數值——也就是費率設定得相當高。」

「原來如此，意思是來自農家的主要徵稅收入並不是金錢，而是米嗎。但因為碰上古那米歉收而改以金錢繳納，所以結果就是造成稅收減少？」

「是的，關於古那米的部分，由於已經確保在徵收後能以高價賣出的途徑，因此即使是對我等來說，繳納實物也會比繳納金錢更合宜。歷來在訂定課稅額時，都是以這種情況作為前提；然而一旦碰上古那米歉收導致金錢成為納稅主流的狀況，再怎麼樣都會產生必須重新調整金額的必要性。」

也就是必須單純依靠貨幣繳納，來確保原本可以透過高額轉賣古那米賺取的金錢，因此才會重新設定並提高稅額。這個理由本身的確足以讓人信服。

「那麼接下來是關於加稅的手段……正如殿下您所知，我等採用針對女性加稅的形式。然而，只要考慮到徵稅行為本身是以家庭作為徵收單位，就可以明白這做法和單純的加稅並沒有什麼不同。主要是想彰顯出『公平感』這種另一面的意義，因為原本就是對男性的課稅額較高。」

「那麼關於這政策會加重獨居女性負擔的狀況呢？」

「針對沒有家庭的獨身人士的徵稅，從以前起就是讓我等相當煩惱的問題……由於隨處可見別說工作甚至連住所都不固定的人，因此逃稅的案例也非常多。雖說原本就不怎麼期待這些人可以成為豐沛的稅收來源，但也可以說這是此類過去的不良影響波及到現在吧。」

「不過我也有聽說，這政策導致了獨身女性們移居到其他州的結果。」

這瞬間，哈馬特耶子爵的臉頰略為抽動，而公主並沒有看漏。

「衷心感謝您的忠告。關於這一點，或許的確必須做出對應。」

動搖只在表情上一閃而過，敕任官很快就讓禮節化為面紗藏住情緒。不過他的話聲剛落，公主立刻試著再多加試探。

「我還想詢問古那米歉收的詳細狀況。」

「正如在下先前所述，最近這三年以來收穫量大幅減少……」

「因為各州都有送上概略的主要農作物生產報告，所以這件事我也知道。不過，歉收的原因是什麼？」

「雖然並不能說這就是唯一原因……不過，似乎是雨量不足所導致的不良後果。」

「的確，看數字是這麼回事。可是，關於這點……」

公主邊說，邊從懷中拿出好幾張被對折再對折的紙張，接著一張張打開並放到桌上。可以看到紙上密密麻麻地列著數字。

「這是近來二十年間紀錄下來的帝國南域各州的降雨量。在艾伯德魯克州的部分正如你所言，最近這三年的數字大幅減少。然而，還是有少數奇怪的地方。」

「您指的是……？」

「看看旁邊的昆茲伊州的數字吧。昆茲伊州的東方在地理上和艾伯德魯克州相鄰，但此州的降雨量二十年來都沒有明顯的變化。近鄰的其他州也是一樣，可以看到雨水減少的地區只有艾伯德魯克州。」

「因為是自然天候問題，在下認為這種情況也有可能發生。」

「的確，天候變化看起來總是變化莫測。然而，累積紀錄後，就可以看出天氣的心情好壞其實也有固定的傾向。意思就是——除了最近這三年，艾伯德魯克州過去的降雨量從來不曾少於昆茲伊州。」

「呃……」

「而且這並不是最近二十年的現象，而是回頭調查和現在以相同形式留下天象紀錄的過去八十二年後才得出的共通點。你可以看看這張紙，由於數字實在太多，所以省略了艾伯德魯克州和昆茲伊州以外的地區……」

「請……請等一下，殿下，請您稍等。」

哈馬特耶子爵以困惑的表情打斷了想要繼續說明的公主。

「雖然真的很冒犯，但這些數字的出處是哪裡呢？連這個官署都沒存放能夠回溯到過去八十二年前的紀錄……」

「……？我只是參考了帝立中央圖書館資料室裡保管的行政文件而已。」

「那麼，您是在離開中央前，先前往圖書館抄寫下這些數字？」

「不，我是在來到這裡以後才寫下。」

這對話似乎有點牛頭不對馬嘴，敕任官的困惑更為加深。然而，夏米優殿下接下來講出的發言卻把這一切情緒全都徹底粉碎。

「我只是從以前在中央時曾經閱覽過的紀錄裡，回想起必要的部分並寫出來而已。有提到什麼讓人難以理解的事情嗎？」

連在公主身後的騎士團眾人都感到戰慄——南域各州近來二十年間的降雨量，以及回顧過去八十二年間的艾伯德魯克州、昆茲伊州的降雨量。這個公主宣稱，她的腦袋裡最少記住了那兩項條件下的所有數字。

「哈……哈哈……」

哈馬特耶子爵臉上浮現尷尬的笑容，但伊庫塔卻在公主背後確認到子爵身邊的空氣產生了明顯變化。敕任官在此時停止了輕視眼前少女的行為。

「——這種情況也不是不可能吧。只要我等繼續觀測，總有一天必定會發生那種在觀測史上無法找出同樣案例的天象。而艾伯德魯克州的這三年恐怕湊巧就正是那樣的時期。」

擺出更完美撲克臉的子爵以偶發事件為盾牌，擊退了所有的追究。一切都起因於善變的天氣——只要對方如此宣稱，現在的公主並沒有能駁倒這藉口的辦法。無論累積了多少數值，過去的紀錄也僅僅只是過去的紀錄。

明白現在是收手時機的夏米優殿下換了個話題，因此接下來自始至終都只有談論一些平淡無奇的閒聊。即使保持一貫的謙卑態度，但子爵眼中的警戒光芒卻未曾消失。

「最可疑的部分，就是被視為加稅原因的『古那米歉收』這狀況本身。」

眾人按照慣例在寢室集合後，公主殿下一開口就這樣起頭。和剛開始搜查那時相比，她心中的懷疑已經大幅膨脹。

「艾伯德魯克州在最近三年報告的降雨量顯然很奇怪。即使也有可能單純只是氣象異常，但已經有足夠的材料讓人懷疑紀錄遭到竄改。這個雨量不足的報告，很有可能是為了讓『古那米歉收』具備說服力而捏造出的東西。」

「如果說得再深入一點，古那米的歉收還成了加稅的根據……換言之，公主您推論雨量不足和古那米歉收都不是事實而是謊言——只是為了能以自然形式加重稅賦而打下的底子囉？」

聽到伊庫塔的提問，夏米優殿下重重點頭回應。另一方面，馬修則歪著腦袋沉吟起來。

「捏造出雨量不足和古那米歉收的狀況……這種事情真的有可能辦到嗎？即使可以對文件上的數字動手腳，但當地的民眾還是能感覺到真正的狀況吧？」

「雖然會有這種疑問是很自然的反應，但出人意料的是，其實並不是那樣，馬修。就算個人可以感覺到今年的雨量是多還是少，但實際上幾乎沒有人能夠掌握廣大的艾伯德魯克州全境的雨量。因為正常來說，人類的感覺僅限於更狹窄的範圍。」

「並不一定是那樣吧，尤其是所謂的農家，必須耕種比自家大上幾十倍幾百倍的土地過活。而且作物的生長狀況和收穫量這些也會反映雨量，如果是擁有廣闊土地的大地主，我想他們一定可以親身感受到一年的雨量到底是多是少。」

畢竟討論的主題是自己的故鄉，因此馬修的反論也很有氣勢。黑髮少年一邊在內心感到喜悅，同時點了點頭。

「這是正確的意見，馬修。如果是擁有廣大土地的大地主，確實有能力帶著自信說明相當廣範圍內的降雨量──只是，這種大地主的絕對數應該不多吧？」

「那還用說，的確是不多。我想即使看遍整個州也可以數得出來吧。」

「這就代表，即使對於哈馬特耶子爵來說，要預先和他們統一口徑也不是太麻煩的事情。」

馬修先愣住一會，才咂嘴說了句：「原來是這樣。」獲得同意後，伊庫塔繼續說道：

「再講得仔細一點，艾伯德魯克州內的大地主大部分是稻作農家──換句話說是古那米的重要生產者。只需在事先要求他們對雨量必須口徑一致時，順便以稍微提高一點的價錢來收購稻米，歉收的戲碼也能藉此順利上演。至於買下的那些米……如果是我，會為了將來先藏在不會被人發現的地方吧。」

「畢竟只要歉收，很明顯米的行情將會隨之上漲……等商品像這樣漲價後，再仔細挑選販賣對象，就能賺到更多的利益。」

雅特麗也以已經理解的態度連連點頭。這時，哈洛突然帶著猶豫舉起手。

「那個……雖然剛剛的理論能夠解釋古那米歉收的現狀，但應該沒有說明到敕任官先生為什麼要執行『針對女性的加稅』吧……？」

聽到這個指摘，公主殿下雙手環胸開始思索。

「嗯，的確是那樣……這個徵稅的形式會導致無法承受負擔的獨身女性逃出本州，以結果來說，綜合的稅收將會減少。敕任官不可能是連這點程度的道理都不明白的愚蠢人物，換句話說，哈馬特耶子爵有什麼即使得吃下稅收減少的後果也想要維持現狀的理由。」

公主認為，恐怕這個理由正是本次事件的核心。然而，她還無法推測出具體的內容。目前只能從已經了解的部分開始動手，逐步清除障礙。

「──好，接下來就分為兩組行動吧。薩札路夫少校、馬修、托爾威，我希望你們三人取得古那米歉收是捏造的證據。若能扣押實物那是最好，馬修對本地的了解必定很靠得住吧。」

夏米優殿下先對這三人發出指示，才把視線轉往剩下的三人。

「雅特麗、哈洛，還有索羅克。你們三人必須和我一起前往馬庫提卡，我想知道娼妓們是利用什麼方法來半夜逃走。根據結果，或許能夠看清『針對女性的加稅』這政策背後的真正用意。」

做出指示的聲音也慢慢地不再顯得遲疑。從公主這個模樣，可以窺見她並不僅止於優秀頭腦和行動力的素養──連身為執政者的統御力也略為嶄露了頭角。

「以上是我的命令──如果沒有異議，就動身吧！」

七個人從先前各自坐著的椅子或床鋪上起身，一起朝著下一步開始行動。

薩札路夫、馬修、托爾威等三人接到指示要他們「去取得古那米歉收是捏造的證據」後，首先決定前往最近的州穀倉。

「如果歉收是真的，那麼倉庫中的米應該很少……不過如果是捏造，說不定那些向套好招的農家私底下買來的大量稻米會藏在倉庫裡。」

「不不，既然是所有人都知道的穀倉，放在這裡根本不算藏著吧？」

馬修邊走在夜晚的道路上，同時冷靜地開口吐槽。薩札路夫嘆了口氣。

「你也該讓氣氛更熱絡點啊，馬修少尉……畢竟女性成員都已經全被另一組搶走了，要是聽到太多讓人喪氣的發言，我真的會撐不下去。」

「老實說，可以不必再去花街倒是讓我鬆了一口氣……」

「呼哈哈，下次由我親自帶托爾威中尉你去吧。」

「咦！不……不必了，不需要帶我去……！」

「別客氣，那地方其實很棒喔……嗯？看來到了。」

目的地的入口射出了遠光燈，對於習慣黑暗的眼睛來說顯得很刺眼。薩札路夫從腰包裡舉起搭檔的契，朝著對方送出表示這邊是友軍的光信號。注意到有人來訪的士兵們立刻趕了過來。

「這種三更半夜，你們是哪裡來的什麼人！」

「……明天白天官員就會過來，不能等到那時再進去嗎？」

薩札路夫默默搖頭。尼岡特中士等人雖然從他這種態度察覺出一行人有逼不得已的理由，但還是猶豫了一會，最後才邊嘆氣邊讓開。

「……既然已經和我們的長官講好了，請各位自便吧。接下整整一小時，我等會什麼也不看什麼也不聽，按照各位的期望成為稻草人。」

為了避免儲藏物被竊，穀倉蓋在小規模的基地中心。部隊指揮官勉勉強強批准後，其他人就對馬修等三人的行動採取視而不見的態度，讓一行人能在沒有任何障礙的情況下接近目標建築物。然而……

「不只門閂，還上了鎖呢，少校。」

「嗯……傷腦筋……可是拜託他們開鎖又是偏離命令書內容的要求。」

面對鎖著堅固掛鎖的穀倉大門，薩札路夫用力搔著腦袋。不過，他把視線往上移動後，就發現有一個可以利用的缺口。

「喂！上面有換氣用的氣窗，是不是可以從那裡進去？」

「那個位置相當高，距離地面超過三公尺。而且看那窗框的寬度，能不能塞進一個人也是問題……」

把自身體型列入考量的馬修面有難色。這樣一來，其他兩人的視線自然都集中到同時擁有身高和相對細瘦身材的托爾威身上。

「你試試看吧，托爾威。我來當立足點。」

馬修邊嘆氣邊靠近倉庫的牆壁，接著彎下身子。托爾威有點猶豫，但先是薩札路夫把光精靈契借給他作為倉庫內的光源，再加上馬修本人也開口催促他快一點，才總算下定決心。

「……好吧，我要行動了，小馬。嗯……唔……！」

青年把腳踩上友人的背部，朝著依然位於高處的窗戶跳躍。好不容易用手搭上窗框後，他先把上半身塞進窗戶裡觀察內部情形。當然眼前是一片黑暗，托爾威用單手從腰包中把光精靈契舉起，點起周照燈。

「果然很高……看來要使用繩子才比較保險。」

托爾威把契放回腰包，才拿起綁在腰上的繩索。他先讓其中一頭往窗戶內垂下，再把另一頭丟給下面的薩札路夫。察覺到他意圖的長官確實握緊繩索後，托爾威讓剩下的下半身也滑入窗內。

「呼……！」

他抓著繩索往前翻了一圈，利用已經甩往下方的雙腳踩向牆壁。這樣一來，接著只要沿繩索往下降即可。一想起在先前的北域動亂中，為了確保對付亡靈部隊用的狙擊位置而採取的攀崖行動，這次對托爾威來說並不是什麼困難的工作。

在伸手不見五指的倉庫裡落地後，托爾威把腰包裡的光精靈契放到地上，讓他再度點亮周照燈。

可以看到倉庫內堆放著裝有穀類的大袋子。至於堆放位置都避開窗邊的原因，大概是考量到不想讓這類利用窗口侵入的行動能輕鬆進行吧。

「按照小馬的體格，要他使用和我一樣的方式下來好像有點危險……我先幫忙弄個地方讓他踩好了。」

這是很有托爾威風格的體貼行動。為了朋友不吝於付出勞力的他開始扛起附近的穀物，一袋袋堆到靠近窗邊的位置。

「——嗚啊！」

大約十分鐘後，把朋友的體貼當成緩衝墊而不是踏腳處的馬修總算成功入侵倉庫。

「好痛……可惡……職務分擔弄錯了吧，這種事情是伊庫塔的擅長範圍。」

馬修摸著摔到的腰，站了起來。托爾威一邊伸手扶著他，同時露出微笑。

「不，接下來輪到小馬你上場，因為我即使看了也分不清楚什麼是什麼。」

聽到托爾威這麼說，馬修望向已經被契利用周照燈照亮的倉庫內部。乍看之下，這裡給人到處都堆滿糧包的印象，然而仔細觀察各處，會發現其實並不是那回事。沒有放置任何東西的空間也相當顯眼。

「這是小麥，這是鷹嘴豆，這是小扁豆……」

馬修並沒有在檢查過糧包上標注記號後就感到滿足，而是更加謹慎小心地隔著袋子以手觸摸好

確認實際內容。因為假設古那米歉收是一場騙局，有可能會被偽裝成其他穀物保管於此。只要一摸，他立刻可以辨認出米的觸感。

「……雖然沒有時間確認全部的袋子，但總之似乎沒有記號和內容不一致的東西。」

「古那米的袋子如何？數量多嗎？還是算少？」

「以貯藏量來說，我想應該算是少吧。畢竟和其他穀物相比，米袋並沒有特別明顯。」

如果真的歉收，這是當然的狀況。果然公主殿下是不是疑心病太重了——當馬修開始這樣懷疑時，腳下突然傳來沙沙聲。是他的腳底踏到了什麼東西。

「……這是什麼？掉出來的米嗎？」

被周照燈光芒照亮的東西，是四散於地板上的茶褐色粒狀物體——那是穀殼已經被碾除的古那米糙米。雖然正常來說會判斷這些米粒是從袋子裡漏出來的東西，但奇怪的是，周圍找不到米袋。而是在一個沒有放置任何東西的空蕩蕩空間中，可以看到角落裡有少量的米孤零零地落在地上。

感到不對勁的馬修捏起一粒米，利用周照燈光芒把米照到透光，再丟進嘴裡咬了幾下。在旁觀的托爾威眼前，他的眉頭愈鎖愈緊。

「……很奇怪，這是新米。」

「咦？」

「是最近收穫的米。因為新米和舊米不只咬勁，連味道也不同。以我來說，就算是生米狀態也能分辨出新舊米的差異，而且拿去煮熟後就會更加明顯。」

馬修邊說明，邊讓視線在周遭搜索著。因為這些米粒的存在，讓先前看起來充其量只是個寬廣空間的此處突然開始產生其他意義。

「……就在不久之前，這裡是不是放有新米呢？而且數量還相當多。而那些米被人基於某種理由搬走，只有從一部分袋子裡漏出的米留在這裡……」

馬修喃喃說著。隨著推測愈來愈深入，兩人的表情也愈來愈嚴峻。

*

另一方面，再度來到馬庫提卡並找了一間旅社後，公主殿下立刻對著被她帶來的三人發出指示。

「首先是索羅克，我要你這次也負責去找娼妓們收集情報。」

和上次相同，所有人已經都脫下軍服換上便服。從平常就對帝國軍制服沒什麼好感的伊庫塔像是逮到大好機會，連襯衫也故意不穿好。渾身上下已經看不出身為軍人的風貌。

「是要關於什麼的情報？」

「欠債太多打算逃往州外的娼妓是利用什麼樣的途徑來實行這個計畫？我需要關於具體方法的情報，因為這次就是來調查這一點。」

「原來如此……也就是說，終於要解除潛入搜查的禁令了……是這意思沒錯吧？」

看到少年以明顯的興奮態度提問，公主帶著笑容伸出右手。

「把錢包交出來。」

「……欸？」

「我叫你把褲子口袋裡的錢包交出來，快點！」

在少女以驚人氣勢相逼下，伊庫塔心不甘情不願地掏出錢包交給對方。夏米優殿下一邊仔細檢查錢包內容，同時進一步下令。

「雅特麗，哈洛！對伊庫塔搜身！說不定他身上哪裡還藏著錢！」

炎髮少女毫不猶豫地回應這指示，雖然慢了一拍，但最後哈洛也說著「對不起，伊庫塔先生」並開始搜身動作。全身上下每個角落全被徹底檢查過後，連塞在口袋裡的零錢都遭到沒收的伊庫塔已經身無分文。

「好，這是今天的搜查費用，要審慎使用。」

隨著叮叮咚咚的單薄聲響，少年拿到了十幾個銅幣。伊庫塔不禁皺起眉頭，仔細地望著這堆零錢。

「……公主，這點錢別說召妓，光喝個三杯啤酒就會用光耶。」

「那樣正好。只要在花街附近尋找，應該有工作結束的娼妓們會前往的酒館，你可以去那種地方收集情報。畢竟和上次不同，這次沒有必要找許多人一個不漏地聽取消息。只要靠你的三寸不爛之舌，這是很容易的任務吧？」

「工作時間以外的娼妓對男性的態度通常會變差耶！妳要我直接找她們套消息，卻連酒也不請一杯？」

「沒問題，你一定能辦到，我相信你。所以好了，快點出門！」

公主不允許伊庫塔繼續反駁，毫不留情地把他趕出房間。少年一邊嘀咕抱怨並打算離開，這時突然想到某件事的夏米優殿下又對他搭話。

「對了，索羅克。剛剛我忘了講，你必須每個五小時就回來進行定時報告。每次回來時也會再給你資金，但如果超過時間沒有回來，我可會讓雅特麗出去巡視。」

「妳根本完全不相信我吧！」

目送伊庫塔邊咒罵邊遠去的背影後，公主重重嘆了口氣。

「講到那傢伙，真的是……要是沒有這樣做，他肯定會拿著多餘的費用開始玩樂。」

「我認為這是極妥當的判斷，殿下。」

雅特麗立刻回應，而哈洛則嘻嘻笑了。夏米優殿下嗯哼咳了一聲，轉身面對兩人。

「……好了，我們也沒有時間繼續悠哉。在索羅克展開行動的期間，我等也有該辦的事。」

「啥？吵死人了，你滾一邊去啦！」

「現在是休息時間，謝絕男人～」

「嗚哇啊啊啊啊啊啊啊！為什麼為什麼為什麼每次都是我碰上這種事情！」

以心情惡劣或爛醉如泥或醉到大哭的娼妓們為對手，即使被迫面對艱難的苦戰，伊庫塔仍舊在四小時以上╳三次的漫長時間內持續突擊。要是有人旁觀這場戰鬥，必定會讚揚他不屈不撓的意志吧。然而辛酸的是，直到最後他還是孤單一人。

「我回來了……伊庫塔回來了……」

回到旅社的伊庫塔前往公主一行人等待的房間，敲響房門。由於每次攻勢失敗就會多出瘀青和抓傷，他的臉呈現慘不忍睹的樣貌。

「喔，索羅克。抱歉目前正在忙，你等一下。」

他吃了個閉門羹。不得已，少年決定等待，轉身把背部整個靠在門上。

「呼………嗚哇！」

經過幾十秒後，背後的門突然打開。把體重完全壓在門上的伊庫塔因此面朝上向後跌進了房間裡。

「你在做什麼，快點起來。」

在雅特麗不以為然的聲音催促下，伊庫塔搖搖晃晃地起身，把視線看往室內。接著，在那裡等待的意料外光景讓少年瞪大雙眼。

「啊，歡迎回來，伊庫塔先生。」

眼前出現了兩名身上圍著薄紗般的紗麗，看起來明豔動人的女性。大膽的裸露更強調了胸前的雙峰，塗著口紅的雙唇甚至散發出豐潤水感。一頭濃密的秀髮披在外露的肩上，耳朵和脖子都毫不吝惜地裝飾著銀製飾品，呈現出簡直會讓人看得出神的性感魅力。

「那……那個……請不要一直看，會讓人很不好意思……」

看到這靦腆的笑容，伊庫塔總算理解這兩人是打扮成娼妓的哈洛和雅特麗。她們為什麼會變成這樣——像是這類的疑問全都被伊庫塔拋到了一邊去，他第一個反應是走向哈洛，熱情地握住她的手並如此說道：

「……我買了！」

「是非賣品！」「明明沒有在販賣！」

他的頭頂和臀部分別受到雅特麗的拳頭和公主的巴掌狠狠招呼。這痛楚讓伊庫塔多少冷靜下來，隔著退開一步的距離重新觀察起哈洛的全身。

「嗯……這實在太棒了……我好想現在就打包回家……」

「沒想到你真的做出這種符合預測的反應！必須再打一拳才能讓你清醒嗎？」

看到額頭上冒出青筋的公主用雙手舉起椅子，就連伊庫塔也感到有性命之危而搖了搖頭。他又不是受虐狂，今天已經受夠被女人毆打的狀況了。

「我明白了，我真的明白了！……那，這是怎麼一回事？看起來似乎很起勁地把她們兩人好好打扮了一番。」

「在說明這件事之前，索羅克，我要先問問你的成果。關於逃出本州的途徑，你有獲得可靠的情報嗎？」

「要是付出這麼多還沒有成果，就算是我也會哭啊……關於娼妓半夜逃走的方法，看樣子是有一部分的放債業者成為接受依賴的窗口。雖然還不到能製作名簿的程度，但我也問到了幾個名字。」

夏米優殿下滿意地點頭回應他的報告，接著把視線移向雅特麗與哈洛。

「那麼，我們這邊也試著深入搜查吧，輪到假扮成娼妓的妳們兩個上場了。」

「我……我好緊張！」

哈洛用力握緊雙拳。到此伊庫塔也理解公主是在打什麼算盤。

「原來如此，是要讓假扮成娼妓的她們兩人實際經歷半夜逃走的途徑吧？」

「照你的理論來說就是要進行潛入搜查，索羅克。因為如此一來，應該可以確實接觸協助逃亡行動的當事者吧。」

「至於高風險的問題則靠雅特麗來抵銷嗎……我認為這是個好主意，不過有一個問題——我直說好了，妳們兩人真的有辦法裝成娼妓嗎？」

聽到這直言不諱的疑問，雅特麗面有難色地低下頭。

「我很想主張這點小事是輕而易舉……不過老實說，我完全沒有自信呢。」

「沒問題，我會幫忙掩護！雖然我看起來是這個樣子，但其實很擅長演戲喔！」

哈洛充滿精神地扛起責任。平常總是較為內斂的哈洛卻在這種情況下表現出積極一面，即使是看在伊庫塔眼裡也不免感到意外。面對這幹勁十足的模樣，夏米優殿下露出不安的表情。

「這樣真的好嗎……？一開始的提案，原本是打算由我和雅特麗負責潛入……」

「我堅決反對那樣做！怎麼能讓公主您去做那麼危險的事情呢！」

「我也是相同意見，殿下。在這種時候賭命去完成任務是騎士應盡的職務，請交給我等去做吧。」

雅特麗也毫無猶豫。即使面對不擅長的範疇也不會試圖避開，這是她擁有的諸多優點之一。

「我明白了，既然是這樣就交給妳們兩人負責吧。當然，這邊也有準備好後方的支援人員吧，公主？」

「嗯，請米爾特古上校安排的一個班已經在附近的旅社裡待機，因為既然連對方的人數都不確定，最佳的行動就是預先做好準備。」

「這下就放心了──那麼，我最後只提一個意見。」

伊庫塔盯著盛裝打扮的兩人，帶著苦笑開口。

「……化妝和服飾都請從頭再來一遍。因為兩人原本的素質都很好，要是保持這模樣，根本不像是無法餬口的娼妓。必須表現出更疲乏無奈的感覺才行。」

「啊──的……的確是那樣。我居然疏忽了，一不小心就太熱衷於裝扮她們……」

注意到重大問題後，公主殿下從起點開始重新思考該如何搭配。伊庫塔瞄了她一眼之後就打算離開房間，不過手才剛搭上門把，他突然再度發言。

「噢，對了，還有一件事──我說，雅特麗。」

被叫到的炎髮少女回過身子。少年保持背對她的姿勢，只把視線稍微往這邊移了一下，就若無其事地說道：

「妳非常漂亮，讓人完全不會產生想靠錢來買下的念頭。」

時間停止，只留下當事者的兩人。雅特麗一時愣住，之後臉上才浮現出一抹微笑。

「是嗎？謝謝。」

她以簡短，但帶著溫暖的聲調回應。伊庫塔也沒有繼續多說什麼，只是稍微抓了抓臉頰，就靜靜地關上房門離開。

在被沉默籠罩的房間中，哈洛望著站在身旁的女性，幽幽地開口：

「……好羨慕雅特麗小姐喔。」

「妳好好冷靜一下腦袋，哈洛。」

「不，剛剛那些事真的很讓人羨慕——因為，那個伊庫塔先生……那個無論面對什麼樣的女性，都會當面攀談搭訕的伊庫塔先生卻只有在剛剛保持背對的姿勢，然後稱讚妳很漂亮。即使所有人都看得出來那是在掩飾難為情反應的行動，他本人也明知是那樣，但他仍然忍不住要說出那句稱讚。」

哈洛難得地以強硬語氣如此主張。然而被這番話的一字一句深深刺入內心的人並不是發言對象的雅特麗本身，反而是在一邊旁聽的公主。

「……服裝……服裝要選哪件才好呢？」

雖然她裝成沒事的模樣打開衣櫃，卻陷入無法回頭的困境。直到公主有信心能確實控制臉上表情為止，她只能一直毫無意義地重複著把衣服拿出來又放回去的動作。

＊

講到吉隆基三區的放款業者哈索特，在馬庫提卡花街一帶，沒聽過這名字的人並不多。

「啥！搞屁啊！這點小錢連利息都不夠付！」

當然，是因為壞事出名。哈索特出名的原因，在於他把錢借給人之後，過一個月就要回收三倍的金額。換句話說就是在放高利貸。然而就算每個人都對他感到厭惡，這種需要卻絕對不會有消失的一天。所以哈索特能靠著他人的欲望和不幸以及愚蠢存活下去，從以前到現在都沒有改變。

「借了錢就要還，這是當然的道理吧！妳是在瞧不起我嗎？說啊？」

對於哈索特來說，直到前陣子，娼妓們因為走投無路而半夜逃走的狀況還是嚴重的問題。因為這就等於欠債不還。借給別人的錢，卻沒有和該多出的利息一起回來——哈索特從來沒想過，世界上還有比這樣更糟糕的悲劇。

「沒辦法，今天就這樣饒了妳！兩星期以後給我再來，記得好好湊齊利息！」

被他的怒吼嚇得縮起肩膀的女性垂頭喪氣地離開這陰暗的坑人巢穴。待在這間只放了兩張椅子和一張桌子的冷清房間裡的哈索特一邊瞪著女性的背影離開，同時喝了一大口啤酒。

「哼……那傢伙或許也快要飛了。」

用手背抹著嘴角的他低聲說道。然而，語氣聽起來並不著急。因為和只要被對方逃往州外一切

「這是鑑定證。是在花街請驗查處的婆婆診察過了。」

「哼，準備得真齊全。」

由於哈索特原本打算趁檢查的機會讓兩人脫個衣服，現在只能抱著有點落空的心情接下兩片木板，仔細確認刻在四方形木板表面上的文字。

「夏爾琪和蓮希，年齡是十九和二十二……檢查人是薩米卡那個臭老太婆嗎？」

哈索特回想起那個以小氣和急性子出名的駝背老婆婆，不禁皺起眉頭。話雖如此，和個性的評價相反，她身為檢查人的技術的確可靠，因此這些鑑定能夠信賴。然而實際上，這些只不過是去找哈索特不認識的娼妓借用的東西──花了一段時間檢查完後，哈索特把木板還給兩人。

「好，到此為止似乎沒問題。不過我這邊也得安排很多事情，所以三天後再來。」

等哈索特講到一個段落，一直保持沉默至今的紅髮女性掌握這時機插嘴。

「我們有個要求。接下來無論要用什麼方式移動，一定都要讓我們兩人可以一起行動。一旦違反這個要求，這次的事情就會當場不算數。」

聽到對方講出這種狂妄發言的哈索特皺起眉頭，不過仔細想想，這兩人和平常不同，身上並沒有負債。既然被她們跑了會連本帶利都賠掉，那麼就算有些任性要求也不得不接受吧。畢竟直到用兩人換到金錢的那瞬間為止，她們都是重要的客人。

「……唔，好吧好吧，我會按妳的希望安排。」

哈索特表現出以他來說跟奇蹟沒兩樣的客氣態度，點點頭後提出要對方準備的「手續費」。這手續費本身並不是什麼大不了的金額，因為真正的收入，要過一段時間才能拿到。

＊

三天後的晚上，兩人按照哈索特的指示前往郊區的馬車聚齊處，搭上在那裡等待的老舊馬車，離開馬庫提卡。前進的方向是往西，馬車靠著光精靈的遠光燈照亮夜路並逐步往前。

車上有包括馬車夫在內的三名男性，以及另外兩名像是娼妓的女性。為了避免給人可乘之機，雅特麗和哈洛輪流睡覺，在緊張中度過了約四天的馬車之旅。

好不容易終於接近州界時，出現一個甚至算不上是村莊的小聚落，馬車在那裡停下。兩人也按照指示下車，跟在帶頭的男子們身後走向位於遠方的小屋。雅特麗開始若無其事地伸展因為馬車之旅而僵掉的手腳。

「進去。」

聽從命令進入室內後，裡面有四名男子正在等待。其中一人的腰上插著山刀，另一人拿著已經裝好風精靈的風槍。圍著桌邊坐在椅子上的剩下兩人則沒有武裝——雅特麗邊完成戰力確認，同時估算著時機。

「是這兩人嗎？這次還真是年輕啊。」

「不過，這可是很不錯的好貨。總之妳們兩個，去那邊並排站在一起。」

兩人按照指示站好後，男子們開始以毫不客氣的視線打量她們。在對方開口前，雅特麗主動提問：

「關於移居到州外的事情，是你們會幫忙安排？」

「嗯，是啊。到離開艾伯德魯克州為止由我負責，至於進入昆茲伊州後則由這個人照顧妳們。」

根據用詞和舉止，雅特麗明白眼前的人們和至今接觸過的男性們不是同一種人。也有同樣感覺的哈洛大膽直接挑戰核心。

「移居時能得到正式的許可嗎……？我有聽說過必須由官署發行許可證才可以移居……」

「妳是指這個嗎？」

男子邊回答邊拿出的東西，是好幾張上面已蓋好某種大印章的通關文件。正面寫著「認可移居州外者之證明」，只有姓名欄位保持空白。這就是所謂的「通關證」，在跨越州界移動時不可或缺的東西。

「關於這方面的準備已經備妥，妳們不需要擔心多餘的事情。」

「——原來如此。」

這裡有該由官署發行的證明，而眼前的男子們擁有能保管這些文件的身分。這些事實，已經足以成為促使雅特麗在這時發起行動的推力。

「……不好意思，那邊那一位。」

下定決心的雅特麗轉向拿著風槍的男子並對他搭話，對方以詫異的眼神回看。

「能不能把水壺給我呢？喉嚨有點乾……」

對方沒有理由拒絕這點程度的願望。肩膀上掛著大型水壺的男子用沒握住風槍槍把的另一隻手抓住水壺，接著直接走了過來，沒有表現出特別警戒的態度。雅特麗的嘴角微微描繪出弧線。

「拿去。」

為了接下對方遞出的水壺，雅特麗也伸出雙手。在這個極為自然的動作之後……

「謝謝。」

她邊道謝邊抓住的東西，卻不是水壺而是對方的手腕——還來不及對這個事實感到疑問，男子的天地已經上下顛倒。

「啥——？」

背部狠狠撞上地面的男子失去意識。原來雅特麗在抓住男子的手腕並貼近他胸前的同時，便利用過肩摔的訣竅把男子摔了出去。接著在剩下三人理解狀況之前，雅特麗進一步逼近腰上插著山刀的男子。

「妳……臭女人，妳做什……！」

男子的山刀才從鞘裡拔出一半，手腕已經被雅特麗以右手制住。接下來她立刻轉動男子的手臂，利用關節技來把對方扭倒。在男子趴倒的同時，雅特麗也毫不留情地卸下他的肩膀。

「嗚啊啊啊啊！」

現場響起骨頭脫臼的可怕聲音和慘叫聲，這時卻出現蓋住這兩種聲音的尖銳笛聲。是哈洛吹響了用來通知的笛子。剩下的兩名男子也慌慌張張地從椅子上起身，然而雅特麗卻立刻擋在他們身前斷了退路。

「放棄吧，這間小屋已經被包圍了。」

然而結果，他們連放棄的時間都沒有。因為在雅特麗提出忠告後還不到五秒，大批武裝士兵們就湧入房間裡。

*

「呵呵呵……這個光輝，這個色彩……呼呼呼呼呼……」

在官署建築物的深處，有敕任官專用的辦公室。那是一間塞滿高檔家具的寬廣房間，而眉開眼笑的提傑尼·哈馬特耶子爵正在裡面專心擦拭手中的陶瓷小壺。

「——不好意思打擾了。本日的業務已經順利結束，子爵大人。」

即使聽到部下隔著房門報告，哈馬特耶子爵也沒有停止擦拭的動作，只開口吩咐對方進來。踏進辦公室的一等書記官雖然內心對丟下工作不管把全副精力都花在嗜好上的長官感到很不以為然，但還是以平淡的語氣開始報告：

「需要裁決的文件都在這裡了，請您仔細看過之後再署名蓋章。」

「放那裡就好。」

哈馬特耶子爵這樣說完，指向放在房間角落的籃子。可以看到中午提出的文件還完完整整地放在裡面，但一等書記官裝出沒看到的態度把新的文件又疊上去。

「那麼，下官就告辭……」「希達修書記官。」

結束工作的書記官轉身正打算離開，子爵的聲音卻從背後追了上來。

「那個怎麼樣了？」

在沒有任何開場白的情況下，還在繼續擦拭陶瓷壺的子爵提出了以代名詞作為主詞的質問。然而希達修書記官已經在這個長官手下工作得很習慣，甚至到了能順利察覺對方意圖的程度。

「……已經按照您的指示處理，從之前的保管場所移到更往北的地下倉庫了。」

「很好——真是，那個惹人厭的第三公主。還在想她為何突然出現，結果害我多費了這麼多工夫。」

子爵狠狠咂嘴，書記官也因為想起那個不速之客而突然感到不安。

「……按照子爵大人您的指示，交易並沒有暫時中止，這方面真的沒問題嗎？」

「現在正好碰上旺季，也是不得已的做法……而且，雖然我不知道那個小丫頭到底在到處刺探著什麼，但要在這幾天內就看穿我等活動是不可能辦到的事情。如果只是關於米的問題，就算被發現也還有藉口能應付。」

「可是萬一，在現場工作的官吏遭到逮捕……」

「囉唆！我說過那種事情不可能發生！夠了！快退下！」

聽到上司怒吼，臉上表情顯得依舊無法完全信服的希達修書記官行了一禮後離開辦公室。子爵重重地再度坐回椅子上，不愉快地哼了哼鼻子。

「真是，連個中用的部下都沒……」

他咂著嘴喃喃抱怨。之後子爵重新調整心情，再度開始擦拭陶瓷壺。然而，這動作才開始不到兩分鐘，走廊上就傳來慌張的腳步聲。

「這是在吵什麼！」

他煩躁地抬起頭，這時正好響起急促的敲門聲。

「子……子爵大人！有來賓！第三公主帶著護衛大駕光臨！」

哈馬特耶子爵瞬間停下擦拭陶瓷壺的手，從椅子上起身。

子爵匆忙趕向會客室後，帶著騎士們的金髮少女已經在場等待。這狀況雖然是上一次的翻版，但有兩點和之前不同。第一點是騎士團成員之一的托爾威·雷米翁並不在場，另一點是夏米優殿下身上散發出的緊繃氣勢。

哈馬特耶子爵先致意並在對面的椅子上坐下後，才戰戰兢兢地開口：

「這是……第三公主殿下……不需要勞您大駕，在下也會主動去請安。現在立刻吩咐下人們備茶——」

「不必，我不是來和你喝茶聊天。」

公主以堅定的語氣拒絕，氣氛明顯和上次不同。哈馬特耶子爵心中不妙的預感逐漸膨脹，但還是裝出笑臉繼續應對。

「那麼請恕在下冒犯——您今天有何緊急的要務呢？」

「我是來揭發你的企圖，直接講結論吧——古那米果然並沒有歉收。」

夏米優殿下跳掉一大段社交辭令，使出深入對方核心的攻擊。子爵的笑容瞬間僵住。

「從第四穀倉往西北前進二十公里左右後有一間廢屋，在那裡的地下室發現了一部分應該是從穀倉裡移出的米。雖然標示栽種農家的標籤已被撕下，但裡面卻裝著亮晶晶的新米。想必沒有弄錯。」

怎麼可能這麼快就被發現——這句話差點脫口而出的子爵勉強忍住。然而，根本不需要子爵開口，而是由公主本人代替他執行了這動作。

「你不會覺得很不可思議嗎？為什麼能這麼快找到……的確，州內多的是能用來藏米的地方。就算可以依靠米爾特古上校的士兵尋找，但能借用的人手還是有限。如果要四處一間間搜查可疑的房舍，把地板一片片掀起來檢查——用這種方法，無論有多少時間都不夠用。」

「…………」

「基於以上，這次我方故意採取被動。不直接尋找隱藏地點，而是為了找出前往隱藏地點的人，挑出幾條明顯的道路進行埋伏監視。期待你們在受到我先前的質詢後，會因為危機感而做出某些行動。」

了解自己犯錯的敕任官嘴角扭曲。為求慎重起見，他下令把米搬到其他隱藏地點——就是這個措施適得其反。直到現在，子爵才總算領悟到這一點。

「以使用馬車搬運為前提，我挑出主要道路，利用搜查強盜案件這名義安排了臨檢關卡。結果，精彩地抽中了大獎——不用說，並不是直接靠臨檢逮捕運米者。而是先讓運米者直接通過關卡，跟蹤後成功查獲祕密倉庫。當然，我想祕密倉庫並不只那一個地方吧？」

「……您似乎有什麼誤解——」

「現在解釋還太早，子爵。原因就是，我來此的目的並不是為了指責你私藏古那米。」

子爵原本準備好的所有辯解，都因為公主的這一句話而落了空。公主殿下的冰冷視線刺向半張著嘴全身僵硬的敕任官。

「古那米歉收是一場刻意安排的假象。如此一來，自然會讓人推論出以此為根據的加稅也另有目的吧？包括這件事在內，我來此的目的就是要揭發你的企圖。」

「…………嗚……！」

「事情似乎有點錯綜複雜，我就按順序說吧——基本上，讓我打一開始就感到不對勁的事情，正是『針對女性的加稅』這政策本身。即使針對收入比男性為少的女性課以重稅，也無法讓稅收有效增加，正常加稅反而合理得多。我想你也很清楚這一點吧？所以，我也不得不多動腦思考……到底要怎麼做才會讓這個狀況能與你的利益產生關聯。」

公主流暢地發表意見。她眼中的理性光芒壓迫著眼前的男子。

「當然，光是思考並不夠。我前往據說加稅造成的影響表現得最明顯的花街，實際四處觀察那裡的情況——在得知有因為負債所苦的女性們逃往其他州的傳言後，我總算能夠聯想到正確的思考方向……如果只針對艾伯德魯克州，根本無法到達真相。因為這個企圖，是跨越了這個艾伯德魯克州和東邊與其相鄰的昆茲伊州而構成。」

夏米優殿下頓了一下整理思緒，接著繼續發言：

「這時候我回想起……根據行政資料，昆茲伊州大約從五年前起就一直流行著魯西尼型感冒。雖然這並不是不治之症，但感染力強，是一種會帶給患者發燒、頭痛、腹痛等症狀，還會使營養不良者有生命危險的疾病。此外，女性遠比男性容易得病也是此症的特徵之一。」

公主握緊雙手，表情蒙上一層陰影。

「因為這個疾病，昆茲伊州現在的女性人口減少了很多。當然，沒有女性就無法傳宗接代——應該也來到這種危機感相當高漲的時期……哈馬特耶子爵，你就是看上了這點。」

語調裡包含的感情轉變，從悲傷換成憤怒。糾彈的視線強烈地看著敕任官。

「現在，昆茲伊州的居民即使必須付出大筆金錢，也想要獲得女人。只要換個角度來看，這代表女性可以賣得高價。從中察覺出商機的你，想出了以盡可能不公開的形式，把商品強賣給隔壁州的方法。這就是針對女性加稅的真正用意！」

追查終於踏入核心，子爵的膝蓋開始微微發抖。

「這次，你誘導為負債所苦的女性們偷偷逃往昆茲伊州……然而就算是娼妓，原本應該也有以上繳金這形式來繳納稅款。但，得知昆茲伊州現狀的你卻想到了以更有效率的方式把她們變賣成金錢的手法。」

「……嗚……啊……」

「具體的過程是這樣——因為加稅而籌不出錢的娼妓去找放債業者借高利貸，等負債愈滾愈多，到了不可能償還的地步，讓放債業者足以判斷再這樣下去不可能回收的時候，就建議她們移居到昆茲伊州……即使放債業者必須在此放棄債權，但這點並不成問題。因為背後的籌劃者會支付手續費給以仲介身分參與人口販賣交易的放貸業者。雖說金額不大，但對於放債業者來說這樣反而有利。因為就算獲得的金額只不過是小錢，然而光是對方願意買走已經壓榨不到金錢的顧客，就已經算是好運。」

這些內容光是要講出口，就會讓人感到反胃。公主強忍著不快感，繼續講了下去。

「透過放款業者的仲介被送到州界的娼妓們，就在連對自身立場都不甚清楚的情況下被賣給昆茲伊州的買家……恐怕這個買家，也是要把買到女性送走並再轉賣的商人吧。無論如何，在這裡拿到的金錢會成為籌劃者的收益。即使一部分要轉為給放債業者的手續費，但大部分會留在手中吧。這些錢應該不是零頭。因為受到魯西尼型感冒折磨的昆茲伊州方面的顧客，即使價錢高昂也會想要購買女人——以上有錯嗎，哈馬特耶子爵？」

直到現在，單方面發表長篇大論的公主才第一次停下來等待對方的反應。隔了好一陣子總算有機會發言的子爵振奮起差點萎縮的戰意，就像是掌握到大好機會那般地開始主張自己受了冤屈。

「這——這實在誇張到讓人啞口無言！一切都只是無憑無據的胡說八道！您說我靠販賣人口賺取金錢？證據到底在哪裡呢！恕在下冒犯，但所有的指控都只不過是殿下您的臆測吧？」

聽到他的反論，夏米優殿下從懷中拿出一個片狀物體，用力甩向地面。

「如果僅只於臆測，我也不會像這樣直接指責你……你應該知道這木板是什麼吧？」

哈馬特耶子爵瞇起有點近視的雙眼，凝視掉在腳邊的物體。

「這似乎是……由官署發行，能前往州外的許可證吧？這東西有什麼問題？」

「這是從在州界從事販賣人口的那些傢伙手上沒收的東西。提到二等書記官馬金羅・坦寇納這名字，你是不是也會恍然大悟呢？」

「…………嗚！」

「如果只有這片木板，是太過脆弱的證據。你或許會主張這是被偷走的東西，也有可能是偽造品。然而，使用這個進行違法買賣的人並非他人，正是這間官署的職員。我方也已經逮捕了職員本人。對於這個事實，你要用什麼理由辯解？」

哈馬特耶子爵感到難以置信。居然在這麼短的期間內，搜查的進度就已經到達州界的交易現場……

「……就……就算的確是那樣，那也是不肖部下擅自做出的惡行！我可以向主神(Alderamin)發誓，我本人和此事毫無關係！」

「你要把責任推給部下嗎？明明我方已經從二等書記官那邊獲得供稱是依據你的指示涉入販賣人口的證言。」

「因為只要說是我的指示就能讓罪行減輕，那種證言充其量只是權宜之計吧！實在遺憾啊，殿下！難道比起從四百年前就持續至今的帝國貴族門第哈馬特耶——其正統後裔的本人，提傑尼·哈馬特耶的發言，您更相信出身於平民的二等書記官的證言嗎？」

「講到把責任推給其他人就能讓自身罪行減輕的這點，你的立場也和部下沒有任何差別。所以從這角度來看，兩邊的證言都不值得採信……然而，這次的事件規模橫跨兩個州，而且實行時還牽涉到許多人，視為一介書記官的手法未免太過不自然。認為是擁有相稱立場的人提案並負責指揮實行，才是比較妥當的判斷吧？」

現場響起子爵咬牙的聲音。無論公主說了什麼，他腦中都沒有承認「正是如此」的選項。

「您意思是無論如何都要把罪名強加在我身上嗎……那麼也好，在下已經無可奉告！關於買賣人口一事，在下這邊也會進行調查。如果殿下別無其他要務，恕在下要立即送客！」

子爵口沫橫飛地表示拒絕，然而夏米優殿下早已看出他的意圖。他打算先趕走外人，再動手湮滅證據。如果沒趁現在一口氣攻下，將會形成棘手的狀況——雖然腦中這樣想，她卻遲遲無法使出下一招。這時，黑髮少年從旁插口：

「有什麼關係呢，公主。既然子爵都那樣說了，我們就回去吧。」

「索羅克……？不，但是……」

「既然子爵宣稱他對販賣人口這事一無所知，那麼肯定就是這樣吧。不過，這算是另一回事，我們依然必須再度審問講了謊話的犯罪者。要是他打算繼續說謊，那就得儘快施以拷問才行。馬修，你也這樣認為吧？」

「噢——是啊，的確，就這樣做吧。畢竟犯人已經被我方逮捕了。」

聽到兩人講出這種駭人的對話，公主整個愣住。子爵也慌慌張張地開口。

「等……等一下，你是米爾特古上校的兒子吧？如果軍方真的逮捕了我方的職員，希望你能把那個人移交給我方。因為軍人應該沒有制裁罪犯的權限。」

「呃……不，不能那樣做。因為在這次的事件中，也有牽連到由我方部隊管理的古那米。」

馬修搖了搖頭。伊庫塔丟下無法看出兩人意圖而感到困惑的公主，繼續一搭一唱。

「保管在第四穀倉裡的食物，在碰上緊急事態時將會作為軍方的糧食使用。這點子爵大人您也很清楚吧？因為這些東西在未得許可的情況下被移動了，換句話說就等於是侵占軍需物資嘛。既然如此，視為軍事問題處理才合情合理吧？」

「販賣人口和藏匿古那米之間的關聯性尚未獲得證實吧！我說過包括這部分在內，都會由我方一併調查，你們是聽不懂嗎！」

「就算您這樣說，但我方已經從被捕的書記官口中問得古那米這事的相關情報，而且他也知道祕密倉庫的存在……事態發展至今，還認定兩個事件彼此沒有關聯，這樣未免太不自然吧？」

子爵被他堵得無言以對。到此公主也懂了，伊庫塔和馬修是先表現出似乎要退讓的態度，再從

此，交給「那一行」人士處理應該比較好吧。

「……要交給你們的嫌疑犯……那個……是屍體也沒有關係嗎？」

子爵邊整合思緒邊提出的問題，對他來說只不過是極其當然的確認。但馬修和伊庫塔卻都拉起了嘴角。下一瞬間，沒有自覺到自己咬了餌的敕任官背後的會客室大門被人粗暴地踹開。

「你打算賣了我們保住自己一命嗎！」

現場響起尖銳的叫聲。闖入會客室的希達修一等書記官臉色難看，一開口就吼出了這句話。子爵也猛然一驚回過身子。這個人——正是那些子爵準備塑造成販賣人口的籌劃者，立場等同於敕任官的高級官吏之首。

「等一下，希達修——」

「開什麼玩笑！既然會被出賣，那麼我就把一切都招了！不管是藏匿古那米還是販賣人口，所有一切都是根據你的指示行動！」

希達修書記官邊以尖銳的聲音大吼，同時從懷中抽出文件展示在眾人面前。在看起像是某種合約的文件上，可以看到似乎是哈馬特耶子爵親自簽下的署名。

「你看！我手上多的是證據！就算下令的人是你，實際上行動的是我們！別以為你可以一個人置身事外！」

因為遭到背叛的衝擊而失去冷靜的書記官高聲揭發長官的惡行。子爵正試圖自圓其說，但仔細一看，大吼大叫的部下後方還有另一個人影。是一個因為無事可做而只能呆站的高個美青年——也就是先前唯一不在場的騎士團成員，雷米翁．托爾威。

「……你……你們這些傢伙！該不會從一開始就打著這種主意……」

直到現在，子爵總算察覺自己中了計。然而，一切都太遲了。沒有其他證據能贏過最親近部下的證言。況且基本上，公主從最初到現在都完全沒打算以調停方式來解決本案。在誤判這一點時，子爵已經敗北。

「……原來如此啊。雖然沒有事先告知，但其實是這樣的計畫嗎。」

夏米優殿下的雙眼以更尖銳的目光凝視著敕任官。千辛萬苦想讓部下閉嘴的哈馬特耶子爵也注意到這視線，帶著僵硬表情轉過身子。

「殿……殿下……這是……」

「已經夠了，我不想浪費好不容易節省下來的時間。」

公主以不屑的語氣這樣說完，接著起身冷冷宣布：

「提傑尼．哈馬特耶子爵。你濫用職權篡改法律，還涉及違法的販賣人口，必須做好心理準備面對相對應的處罰。然而——在這之前，我還是先問清這一點吧。你為什麼會做出如此愚蠢的行徑？」

犯罪者和犯行都已經被揭發，目前的局面已經進行到追究動機這一步。領悟到沒有機會敷衍卸責的子爵雙眼充血，連視線都飄移不定。

在這種危險狀態下，子爵重重喘了好幾口氣之後——也不知道他到底是想到了什麼，子爵突然拿起放在桌上的陶瓷壺，跨著大步靠近公主殿下。

「請……請您收下！這是喜耶納白磁的最上等品！光是這一個，就要價一千枚金幣！」

「……什麼……？」

「如果這還不夠，那麼您對繪畫有興趣嗎？還是雕刻？或是金飾品？無論是什麼都請直說，在下絕對會準備您想要的東西……！」

帶著諂媚笑容的子爵說的愈多，公主的表情就愈僵硬。

「這……可以認定是試圖收買我的行為吧……」

「收買這種講法太冒犯了！我是想具體表現出誠意——」

在內心湧上的不快感推動下，公主衝動地揮動手臂，打落了子爵遞出的陶瓷壺。由著名工匠製作的壺摔落到地上，在子爵的腳邊悽慘地碎成一片片。

「靠著賄賂來展示誠意……你為什麼無法明白這種想法本身就是錯誤！」

這吼聲近乎慘叫。同時，低頭看到白磁殘骸的子爵內心的自制也崩潰了。

「哪——哪裡有錯！不知世事的溫室小丫頭還敢講得好像自己什麼都懂！那些妓女根本是拿獨身當藉口不好好繳稅，不但存在本身就會擾亂秩序，而且還會動不動就生出來路不明的小雜種！對於整個州來說是極大的毒瘤！」

連禮節都和冷靜一起被拋開。很諷刺的是，哈馬特耶子爵說出的每一字每一句直到現在，才終於是不帶謊言的真心話。

「所以我才特地引導這種骯髒的傢伙前往需要女人的隔壁州！這種安排本該獲得褒獎，沒有理由受到責備！面對需要，給予足夠的供給，這正是施政的基本吧！」

這理不直氣卻很壯的態度，是子爵在人生中最錯誤的一步。公主感到內心有什麼斷裂。

「……你說……就叫做……」

低著頭的少女口中傳出低沉的話聲，緊握的雙拳發出骨頭摩擦的聲響。

「……你說販賣原本該保護引導的人民，把他們換成錢財的行徑……就叫做施政嗎！」

公主的手猛然舉起，把掛在黑髮少年肩上的整副十字弓一口氣搶來。接著立刻使用滑輪絞緊弓弦，裝上箭矢。住在基地的這段期間，她也多少學會了一些使用武器的方法。

「噫……！」

對殺氣感到害怕的子爵往後退。公主對準他的胸口，定下射擊目標。

「住……住手！就算是皇族，也不可以基於獨斷對敕任官動手……！」

「錯！你這傢伙不只把立法視為私有，還打算以金錢扭曲對皇室的忠義！這些不敬行徑已經足以讓我因為受污辱而給予制裁！」

手指搭上扳機。子爵被她的激烈氣勢壓倒，不但在後退時腰部重重撞上桌子，還難看地一屁股往下坐倒。配合目標的動作，公主也朝下方修正準心。

「呼……呼……！住……住手……！」

「你害怕嗎！沒錯，害怕吧！畢竟只要一想到會墮落到哪裡去，就能明白你根本無法期待死後會獲得安寧！」

講話的聲音無法控制地發抖……如果可以只指責眼前的男子，到底會有多輕鬆呢？然而，公主已經心知肚明。明白腐敗的根本究竟是哪裡；也明白到頭來，其實永靈樹枝葉的腐敗也只是在反應根幹的狀況罷了。

「但是你放心吧，那是不久之後我也會前往的場所——你就先走一步，去那裡邊受燒灼邊等待吧！」

手指扣下扳機。被釋放的箭矢在半空中直線前進，最後深深地刺進目的地。

「……呼……啊……嗚啊……！」

整張臉都噴出冷汗，從雙腿間漏出的尿液染溼地毯……剛剛射出的箭矢，刺中了背靠桌子坐倒在地的子爵太陽穴旁邊。要是再往左邊偏個兩公分，恐怕他已經不活在這世上了吧。

「……雖說心情上，我也不想阻止妳。」

製造出這兩公分的少年的手，現在依然從旁邊抓住十字弓。看到公主彷彿想靠視線殺死對方般地狠狠瞪著子爵，伊庫塔以和緩的語氣，仔細慎重地開口勸告：

「不過要是在這裡以受污辱為由制裁子爵，無論原委如何，都有可能導致內閣的態度轉硬，因為那裡是由和他一樣的貴族組成。在即將設立與經營新團級部隊的這時期，做到那種地步並非上策。」

「……………………」

「關於販賣人口一事，已經有了結果。既然真相已經被揭發，這次是妳的勝利，公主……不需要用鮮血弄髒好不容易獲得的勝利，請妳就這樣停手吧。」

聽到騎士口中說出的勸諫發言，讓激昂的精神也逐漸恢復冷靜。少年的手掌蓋上公主握著槍靶的手，透過皮膚傳來的溫暖，舒緩了原本已經僵硬的手指。

「雅特麗，哈洛，帶公主離開吧——接下來由我們處理就好。」

剛從少女手中輕輕拿走十字弓，伊庫塔就這樣說道。雅特麗和哈洛也點了點頭，分從左右支撐著少女，離開房間。目送她們的背影離開之後，剩下的騎士團三名成員才看看彼此，接著把視線移到兩名官吏身上。

「好了，哈馬特耶子爵，還有希達修一等書記官。我知道你們已經累了，但很抱歉還得請你們繼續配合一下。因為接下來將由我代為執行第三公主殿下的職務。」

伊庫塔語氣平淡地說道。經過夏米優殿下的奮戰，現場的主導權已經徹底掌握在他們手上。少年走向幾乎呈現恍神狀態的哈馬特耶子爵，蹲下來配合對方的視線高度。

「首先是那個有問題的惡劣法條——也就是針對女性的加稅政策，請你撤回。關於販賣人口的所有交易則立刻中止。然後要讓之前藏匿的古那米重新回歸市場，被轉賣到昆茲伊州的女性們身上的債務，也全部都由你代為償還。我想你應該不會認為自己有權拒絕吧？」

這根本是威脅，但子爵並沒有點頭以外的選擇。

「很好。那麼其次，我要你承諾會讓官署的業務體制健全化，至少要做到不會從白天就成為陞官圖賭博會場的程度。我想完美達成以上各條件後，子爵大人您才總算有機會避開因為污辱皇族而受到制裁的命運。」

敕任官只能無力地頻頻點頭，而伊庫塔繼續追擊。

「那麼，再下來並不是強制而是請求——不過如果子爵大人您今後還想保住身為貴族的立場，我想仔細聽清楚應該比較妥當吧？」

聽到這句話，狀態和空殼沒什麼兩樣的子爵微微抬起頭。

「如果僅限於艾伯德魯克州，靠稻米賺錢是很不錯啦——不過您知道嗎？如果同樣是穀物，接下來是玉米會蔚成潮流喔？」

他抬頭後看到的景象，是一個不好惹的少年那張掛著惡棍式笑容，開始商談的面孔。

*

在某個晴朗日子的傍晚時分，泰德基利奇公館舉行了一場小規模的活動。在廣大的公館用地內，不分平民軍人，也不分男女老少，許多收到邀請的人們都聚集於此。算是一場以親善為目的的戶外餐會。

到處都點燃著旺盛的火堆，而在各個火堆周圍，正在燒烤著成串的肉，還利用燒熱的鐵板調理鐵板飯。在呈現鮮豔橘黃色的夕暮之空下，人們邊享用這些食物邊談笑，而笑聲熱鬧地此起彼落，未曾停息。

「——原來如此，是這麼一回事嗎。」

米爾特古上校正待在二樓的私室裡，一邊透過窗口俯視這幅光景，同時聆聽來自夏米優殿下和騎士團的報告。從為了營造出歉收狀況而藏匿古那米的行徑開始，到針對女性加稅的目的是為了和鄰州進行人口買賣等等……公主花了很多時間，把這次事件的詳盡內容都仔仔細細地說明完畢。

「由於所有企圖都被識破，哈馬特耶子爵的計畫已完全斷絕。子爵必須負責代替被賣到鄰州的娼妓們償還負債，先前被藏匿起來的古那米則是基於漏報這理由回歸市場，徵稅的方法應該也會恢復到過去舊有的形式吧——根據以上結果，我判斷先前束縛住上校的枷鎖已解除，如何呢？」

「這是我求之不得的結果。然而真沒想到，這些違法行徑竟然是在敕任官的主導下進行……能有殿下出面查清此事，實在幸運。在下由衷感激。」

米爾特古上校深深一鞠躬，那張豐滿的臉孔上露出笑容。然而，公主雖然微微點頭接受上校的感謝，但表情卻隱約帶著沉鬱。

「如果有幫上忙我也很高興……但上校，我可以請問一件事嗎？」

「是，什麼事呢？」

「關於哈馬特耶子爵的企圖——也就是我剛剛說明的大致內容，你打從一開始就知道吧？」

空氣一口氣凍結。聽到這與其說是發問，反而更像是在確認的口氣，猶豫數秒之後，米爾特古上校正直地點了點頭。

「……正如您的明察。傷腦筋，在下無話可解釋。」

「果然是這樣嗎……雖說也有受到好運幫助的部分，但身為外人的我卻能夠靠著短期間的搜查找出真相。所以我認為長期住在艾伯德魯克州，應該對當地事務無所不曉的你不可能沒有察覺到這些內情……」

公主以寂寞的態度如此回應，這時馬修從她的背後往前一步，面對父親。

「……既然知道，為什麼一開始沒有對我們說明內情？那樣一來我們也可以省下很多花在搜查上的時間和勞力。」

「馬修，很抱歉連你也一起瞞著……的確，把一切都講明也是一種辦法吧。然而，我無論如何都無法下定決心。原因就是，那樣做同時也等於是在表白我本身明知哈馬特耶子爵的惡行，卻對此視而不見。」

米爾特古上校一邊承受兒子的視線，同時以苦澀的表情如此解釋：

「明明知道內情卻無法告發，這是不折不扣的事實。那樣一來，甚至有可能會被懷疑我和對方有勾結。所以首先，我必須確定公主殿下是一位聰明且深謀遠慮的人物……而不是會以那種短淺眼光來看事情的人。因此基於這個理由，我必須讓你們負責去解決事件……在與泰德基利奇無關的地方。」

「所以老爸你才什麼都沒說嗎？……我可以理解這理論，但無法接受。你一方面為了解決問題而利用了殿下的權威，但私底下卻……這樣太卑鄙了吧！」

「你說得對，馬修。我把會吃虧的誠實和能獲利的卑鄙放到天秤上衡量，最後選擇了後者。對於這種貪婪低俗，我自己也感到很羞愧……無論是身為父親，還是作為一名軍人，都打心底感到羞愧。」

米爾特古上校轉向公主，在原地屈膝跪下深深低頭。看到面對兒子的定罪並沒有躲避而是正面承受的上校作出的謝罪行動，夏米優殿下靜靜地搖了搖頭。

「不需介意，我沒打算責備你……我很清楚站在你的立場，難以出面指責哈馬特耶子爵的舞弊行徑。因為除了要和地區住民維持良好關係，還必須和官吏們往來得宜，否則就無法在這個地域順利營運軍隊吧。」

「…………」

「我很容易就能想像出，在官吏和民眾之間成了夾心餅乾的軍人到底有多苦惱。然而，即使身處這種艱困環境，你還是把我的來訪當成好機會並成功利用……我並不認為自己被騙，反而想對你的這種強勁韌性給予正面評價。」

夏米優殿下走向堅持跪地姿勢不動的上校，握起他的手。然後就這樣把他拉起，從近距離望著對方的眼睛，開口說道：

「不必再繼續道歉了，只會讓我感到過意不去。」

「殿下……」

「透過這次事件，我也評估了米爾特古．泰德基利奇的器量。你的確是足以承擔大任的人選。

此次關乎包括我等在內的許多士兵，以及席納克族四千多人之命運的團級部隊經營一事……就要請你多多照顧了。」

綻放出堅定意志光芒的雙眼凝視著米爾特古上校。就像是受到這份光輝的鼓舞，泰德基利奇家現任宗主挺直背脊，行了一個意義超越單純禮儀的禮。

「謹此受命，第三公主殿下——帝國陸軍上校米爾特古·泰德基利奇在此承諾，只要本人還有一口氣，將會以全心全力達成經營團級部隊之大任。」

報告結束後，也因為米爾特古上校的推薦，公主和騎士團成員們決定參加在庭院舉辦的戶外餐會。所有人才一起踏出屋外，注意到上校身影的平民們就拿著酒杯紛紛靠近。

「這不是上校大人嗎？多虧有您，我們才能過得這麼好。」

「小少爺也長大了呢！這分量十足的肚子是遺傳自父親吧，哈哈哈……！」

每個人都親切地對他們搭話。被人們纏住的泰德基利奇父子很快就陷入光是要應答就已經分身乏術的狀態。由於不好意思打擾他們，公主與除了馬修以外的騎士團成員們都靜靜地離開現場。

「上校和小馬看起來都很忙呢，我們自己隨便行動吧。」

「說得也對！我已經餓得肚子咕嚕咕嚕叫了。」

「我也有同感。那，我去拿飲料過來。」

自然演變成這種狀況後，托爾威和哈洛以及雅特麗開始行動。然而，或許是外人果然還是特別顯眼，他們才稍微接近人群，就遭到本地居民以質問圍攻。看樣子三人似乎都得再花好一段時間，才能到達最初的目的地。

「……你好像對子爵提出了相當狠的條件？」

在周圍喧鬧聲的掩蓋下，夏米優殿下低聲對身旁的少年搭話。伊庫塔則以若無其事的表情回應：

「嗯，我掌握機會壓榨出相當成果，畢竟這可關係到席納克族的將來嘛。和公主不同，我對於模仿惡棍手法的行為並沒有那麼嚴重的反感。」

「你不需要像這樣主動承擔壞人的角色。關於這次的事件，不管怎麼說主犯都是我。」

公主以堅定的語調如此斷定。看到這頑固的態度，伊庫塔輕輕嘆了口氣。

「……的確，以『拜託米爾特古上校負責管理部隊』這種最根本的點子來說，其實不是出自於我，而是公主妳的提案。剛好正合我意所以提供了協助……不過這果然也是針對『那個』企圖的布局環節之一嗎？」

伊庫塔邊提問邊回想起——過去兩人在馬車中獨處時，公主對自己表明的希望。也就是這個公主超脫常理的心願……要把已如斜陽的帝國導向有價值的敗北。

「在你下定決心之前，我不會告訴你。」

少女極為冷淡地拒絕回答。由於伊庫塔早已預料到大概會碰上這種回應，因此他也沒有繼續追究。兩人的談話在此暫時結束，很順利地換成其他話題。

「只是話說回來，居然在部隊指揮官的公館舉辦平民也一起參加的餐會……該說不愧是泰德基利奇家嗎？」

伊庫塔表示佩服，在他的視線前方，泰德基利奇父子正親切地對應受邀來此的鄰近居民。由於彼此的距離並不是那麼遠，這邊也可以斷斷續續聽見他們談話的內容。

「總覺得最近鎮上的流浪漢人數似乎愈來愈多……」「有成群的野狗會襲擊家畜，能不能想點辦法解決呢？」「由於從鄰州輸入棉花，因此價格急速下跌……」「以天數計算的臨時勞工的薪水實在太低，讓人很困擾——」

以日常生活的煩惱為中心，人們的話題可說是遍及於多方面。在少年身邊旁觀同樣光景的公主突然開口說道：

「你不覺得那是奇怪的情況嗎？本來應該由官員去煩惱的那類問題，現在卻彷彿理所當然地找上了軍人。」

「問題是有很多帝國人早就不覺得這樣很奇怪了。」

聽到伊庫塔講出辛辣的評論，夏米優殿下也以嚴肅的表情點點頭。

「……沒錯，這並不是僅限於艾伯德魯克州的情況。即便有程度上的差別，但卻是帝國內隨處都能看到的光景。在北域由受到貴族在背後支配的鎮台司令長官同時兼任事實上的大官吏，這算是有點特殊的例子……然而幾乎所有地區，在所有的州都能夠發現和這裡相同的構造。人民無論大事小事都仰賴軍方，軍人成為承接民眾要求的單位，而貴族則寄生於雙方之上。在帝國，這種方式真的已經成為普遍的社會結構。」

伊庫塔一邊側耳傾聽公主的發言，同時偷偷觀察她的側臉。面對眼前上演的熱鬧光景，少女卻露出宛如在眺望某處遠方異國景色的態度。

「我從三歲到十二歲，大部分的時間都在齊歐卡度過。這件事我之前也有跟你提過吧？不過，被視為政治籌碼的這種立場其實相當忙碌。每當政局出現危機，我就會被拱出來，因此往返齊歐卡和帝國之間的次數也不只一兩次……如此一來，往帝國移動的路程必然會通過東域——現今已成了『舊』東域的地區。你應該能夠想像得到，那時期是原本視為國策的開拓行動已經失敗，讓移民住過來後就遭到半放置的東域。」

公主閉上雙眼，過去的情景在眼前復甦。繼續說話的聲音開始微微顫抖。

「即使只隔著馬車的窗戶往外看，也能充分明白在那裡生活的人們狀況是多麼悲慘。眼中充血，身體瘦削到浮現出鎖骨，牙齦發腫，牙齒也幾乎都掉光了……看在當時的我眼中，受到飢餓與疾病侵蝕的人類簡直像是別種生物。

路途中幾乎都是保持距離經過而已……但只有一次，在作為補給中繼站的村落，曾經整個隊列都被飢餓的民眾包圍。」

少女像是無法忍耐寒冷般地抱住自己的肩膀，即使如此，她依舊固執地搜尋記憶。

「我不知道他們的要求是什麼，大概是希望能籌措一些食物和醫藥品吧。然而，或許是認為不能讓皇族在今後的行程中感到不便吧？護衛的軍人們嚴厲地拒絕了他們的要求，嘴裡還大吼著『快點退下！這可是護送尊貴第三公主殿下的隊伍！』之類的怒斥……」

突然有一陣橫向的風吹來，被吹亂的金髮掩蓋了緊繃的表情。

「我在馬車中聽著那些怒吼，感到非常坐立難安……比起被包圍的狀況，無力的自身更使我滿心痛苦。對於無法施捨任何東西給飢餓民眾的自己，對於這種絕望的渺小感，我已經無法繼續忍受。」

聽到這裡，伊庫塔狠狠咬牙……當生活於帝國內的皇族無法阻止地愈來愈腐敗時，只有在齊歐卡長大的第三公主培育著身為統治者的正確倫理觀。這是簡直讓人想吐的諷刺狀況。

「——所以，我……我下定決心要出去。我走下馬車，來到外面……」

她的手腳開始發抖，說話也開始結巴，就像是身體拒絕繼續講下去。

「……當我出現在眾人面前的那瞬間，人們的視線一口氣集中到我身上。雖說這是當然的發展，但我還是很害怕——因為我認為自己將受到指責。在貧困作為惡政造成的結果四處蔓延的地方，身為當事者的皇族卻以一臉無關的表情出現，遭到指責的情況反而勢所必然……多次往來齊歐卡和帝國後，即使不願意，我也能理解卡托瓦納內閣施行的政治乃是惡政。我身為皇族之一員，應該也處於會被追究責任的立場。所以我想，無論是何種責難，我都必須咬緊牙關承受一切……！承受他們的不滿與怨恨，充分理解自身失敗直至深入骨髓——然後，接下來才真的要好好尋找自己能為他們做什麼——」

和衝口而出的話語成正比，少女全身的顫抖幅度也達到了頂點——下一瞬間，一切卻沉靜下來，彷彿只是一場夢。

「——然而，卻沒有人指責我。」

接著，伊庫塔看到……在公主的嘴角，浮現出帶著無底深淵的自嘲。

「沒有指責。沒錯，什麼都沒發生。做好心理準備的我全身緊繃，但民眾的視線卻全都只是從我身上掃過而沒有停留——他們反而再度開始向軍人們陳情。對，沒錯——那時候，我甚至連指責都無法獲得。在拋下我而變得更加激烈的喧鬧聲中，我的存在不被任何人承認，只能茫然地呆站在原地……」

這個記憶正是烙印在少女內心的不治之傷，失去光彩的雙眼在遙遠的空中徘徊。

「一開始，我還以為是因為自己是小孩所以不被當一回事……然而即使我趁著別的機會試著派出年長貴族居間調停，但發展果然還是一樣。人們的注意力徹底集中在軍人身上，對我們甚至連看也不看一眼。我很快就領悟到——民眾已經對我沒有任何期待。不，他們已經對冠有永靈樹之名的皇族，以及憑藉其權威統治的貴族們不抱任何期待。」

「…………」

「說什麼想要負起責任，根本是欠缺自知之明。甚至在很久以前，我就已經失去了受彈劾的資格。對於無止境的惡政，還有身為罪魁禍首的貴族和皇族，人們連自己『遭受背叛』都不覺得……因為他們從一開始就不抱信賴。因為他們早就已經放棄，認定這個國家的支配者充其量只是那種程度的存在。雖然有自覺的人似乎很少——但在這個國家，所謂『對高貴人士的敬畏』就是指那種『絕對的死心』。你懂嗎？索羅克。即使崇奉也不寄予信賴，即使尊敬也不期待對方有所作為。人們把我等視為神般敬畏，也如同對神那般的斷念。

在『忠義御三家』遵奉皇室重新整合國家那時開始，每次想辦法解決困境的都是軍人。貴族和皇族只不過是依附軍人至今，更甚者，還在品嘗到這種安樂滋味後蓄意寄生。只是他們一方面卻也沒有忘記表現出威嚴，只在民眾的內心灌輸了並不伴隨著實情的敬畏……而這腐敗血脈的後裔正是我，並非他人。我怎麼可能擁有高貴人士應具備的尊嚴和責任……」

少年不知道該對公主說什麼，但她依舊握住對方的手。握得很緊，很緊，就像是要緊抓住少年不放。

「所以，索羅克……在我們剛見面那時，你曾經對身為皇族的我展現出負面感情。對於從民眾那裡甚至連憎恨都得不到的我來說，就連那直接的憎恨都是一種非分的救贖。」

公主表示，就連憎恨也讓她感到珍貴。伊庫塔也終於明白——直到現在這個瞬間，她都繼續抱著那種無可救藥的顛倒錯亂，活在地獄中。

「可是明明這樣……從彼此相遇起，無論是大概會讓你高興的事情，還是或許能讓你喜歡的舉動，我都沒有辦到任何一項。只有這點我實在無法表達歉意……不過至少，你還恨我吧？你的內心深處，應該還潛藏著對我的憎恨，還有想要制裁我罪行的意志吧——」

少年無言以對，和面對死者那時一樣……他唯一能做到的事情，只有回握少女那顫抖的雙手。按照對方的希望，用力握緊，為了不要分開，牢牢相繫。

第二章

Alderamin on the Sky

泡沫般的日子

從家畜小屋傳來的雞叫聲讓梅萊傑的意識從睡眠的深淵中浮起。

「唔……早上了嗎……好！」

他一邊因為從窗簾縫隙照入室內的早晨陽光而連連眨眼，同時用雙手拍打臉頰好提振精神。並排睡在地面草蓆上的孩子們也因此一個接一個起身。

「呼啊……爸爸，早安……」「唔嗯……我去提水……」

睜著惺忪睡眼站起的長女單手提起水量已經減少的水桶，前往玄關。梅萊傑差點就這樣目送她離開，卻在房門開啟時注意到錯誤。

「等一下，查姬莉。現在要走那邊，水井在後面。」

「咦……？……啊，對了，是那樣。現在已經可以不必走到河邊了。」

理解父親發言的長女慌忙轉身。在父女對話期間，抱著年幼三男入睡的梅萊傑妻子也醒了。

「早，老公……我現在就去準備早餐。」

「噢，沒關係沒關係，妳再睡一會。我隨便吃點麵包就好。」

「不，不行。漢娜太太有說過，不確實攝取蔬菜的話身體會容易疲勞。很快就好，你和孩子們一起坐著等吧──吉寶，可以幫忙在灶裡點火嗎？」

妻子一邊拜託搭檔的火精靈幫忙，同時急忙前往廚房。梅萊傑望著她的背影露出苦笑。

吃完雖然簡樸但也有變化的早餐後，梅萊傑和長男一起離開家門，準備下田工作。在前往田地的途中，搭檔水精靈艾庫從背上對他搭話。

「梅萊傑，你最近似乎變得比較有肉一點了。」

「嗯？噢，因為吃飯時開始出現肉或是蔬菜之類的各種配菜。還有中午時太太組的那些人也會送來豐富的午餐。」

梅萊傑邊回應對話，同時抬頭望向天空。眼前並不是被雲霧籠罩的大阿拉法特拉的山頂，只有蔚藍的天空唯我獨尊地往外延伸。即使把視線放低也是一樣，往東往西往南往北，只有看不到明顯起伏的平坦大地無限往前延伸。

「……真是諷刺，雖然被趕出山中，但在這裡的生活卻遠比以前更輕鬆。」

他帶著複雜的感慨情緒如此低語。此處猶納庫拉州是位於帝國領土偏東地區的土地，不過隨著齊歐卡侵略東域，許多居民已經逃往西方。這原委造成整個州都發生了急速的人口減少現象。缺乏人手照料的農地也在荒廢狀況下遭到棄置，但按照軍方安排移居到此的席納克族難民們重新耕作起土地。成了廢屋的房子也住進新的家族，居民全面刷新的猶納庫拉州正逐漸重生為席納克族的新天地。

「諾克克，今天要犁田。現在的田地很大，你可要先做好心理準備。」

「爸爸才是，可別像上次那樣太有幹勁結果傷到腰。」

「你這傢伙。」聽到長子講出這種不客氣的發言，梅萊傑笑著戳了戳他的額頭。

父子倆流著汗水整理田地，直到日正當中時，一群手上抱著布包的婦女來到兩人這邊。

「哎呀～梅萊傑和諾克克！你們兩個真努力啊！」

走在集團最前面的人，是個把大行李——大到馬匹似乎也會投降——輕鬆背在身上的女中豪傑，那正是漢娜．泰德基利奇。跟在她後面的人則是在漢娜主導下營運的互助團體「太太組」成員們，其中也包括梅萊傑的妻子。

「今天也做好飯送來了！你們應該餓了吧？兩個人都要多吃點！」

她這樣說著並把布包放到地上，裡面居然疊著三個裝有鐵板飯和燉煮料理等的大鍋。其他女性也各自從懷中布包裡拿出蔬菜和水果等擺在地上。因為重活而饑腸轆轆的諾克克發出歡呼聲。

「謝謝妳，漢娜太太。內人總是麻煩妳照顧。」

停止耕作的梅萊傑站了起來，對著漢娜低下頭——漢娜經營的太太組是以由於生病或體弱等因素而無法下田工作的女性們為中心構成的互助團體。除了會像這樣下廚做飯，另外還會接下縫補或製作衣物的工作，也會在農忙期幫忙照顧嬰幼兒。梅萊傑的妻子在胸部方面有痼疾，因此當初剛移住到這裡時就加入了太太組。

「你在說什麼啊！鄰居互相幫忙是理所當然的事情！好啦，你也快點吃吧！要是還繼續客套，我可要打人啦！」

漢娜邊說，邊在盤子裡添上堆積如山的鐵板飯。席納克的人們私底下都很期待太太組約以十天一次的頻率提供的稻米料理，當然梅萊傑也不例外。他接過盤子，用湯匙舀起泛出誘人油光的米飯，開心地塞進嘴裡。

「嗯，真好吃……工作後吃的飯真棒啊，是吧，諾克克？」

「媽，再來一盤！」

解決第一盤的少年用力遞出清空的盤子。在他母親盛著第二盤時，漢娜把手伸向少年的臉，幫忙拿下黏在臉上的飯粒，然後直接丟進自己嘴裡。

「對，就是要這樣。要多吃一點才能長大！」

女中豪傑的大手摸著諾克克的頭。旁觀這一連串動作的梅萊傑感到一陣溫暖在胸中擴散，臉上浮現微笑。這樣很好……他心想。雖然部族內部還殘留著對帝國人的反感，但梅萊傑已經不希望這種感情引發下一次戰爭。

「如果能夠在不和任何人爭執衝突的情況下過日子……一定是最好的狀況。」

他低聲自語。同時取得高山和平地，恢復過去的生活方式——賭上部族命運的這個深切願望，已在戰火中落敗消散。逝去的同伴性命數也數不清，正因如此，讓人不想要再失去任何東西。

如果不只自己如此希望那就太好了。梅萊傑望著妻子和兒子的笑容，打從心底如此期望。

＊

塞得滿滿的布袋被放到地上，發出沉重的聲響。負責指揮這工作的炎髮少女一邊繼續從拉來這裡的馬車上卸貨，同時對著農夫們大喊：

「堆肥和腐殖質都放在這裡！請按照指示使用！」

「噢……好！」「知道了！」「好……好的！」

席納克的人們也一邊耕田一邊回應。雖然語調還有點僵硬，但和剛移住來這裡時相比已經改善很多。種種過去先放一邊不管，這些人毫無疑問是對現今生活有所幫助的存在——他們大概是以這種角度來接納帝國軍人吧。

「只要再過一星期，這裡也會恢復成出色的田地。席納克族那些人真的做得很好。」

站在雅特麗身邊的馬修提出這種感想，她也帶著微笑點頭。

「畢竟是開墾過大阿拉法特拉山上荒地的部族，只是被棄置過數年的荒廢農地對他們來說應該不算什麼難題吧？加上要種植的作物是他們熟悉的玉蜀黍，想必更加容易。」

「嗯，是啊……我原本認為第一次收割前會是最關鍵的難關，但多虧有豐沛的準備資金，在衣食住方面免於讓席納克族受到困擾。當然這包括軍方給予的資金，但另外也得感謝好心贊助的哈馬特耶子爵。」

馬修因為自己的發言而抿嘴笑了起來，雅特麗則是無言地聳了聳肩。

「對我們來說，幫忙農務也是個新鮮的經驗呢。什麼時候可以第一次收成？」

「這裡大概還要三個月以上，不過如果是早期耕作的田地，快的話下個月就能收成第一批作物……大概吧。我也是第一次栽種玉蜀黍，所以無法那麼確定。」

「真期待，聽說剛採收的新鮮作物更好吃？」

「好像是，我老爸那邊似乎也在企劃配合時期的收穫祭。」

兩人邊聊，嘴角也自然綻放出笑容。若以「在新天地展開生活」這層面來看，他們和席納克族可說是一樣；不過由米爾特古上校率領的新部隊卻提供了至今以來最舒服的環境。

透過每天幫忙農務作業，還有由漢娜經營的太太組活動，帝國軍人和席納克族之間的情感摩擦也日漸緩和。甚至可以宣稱，現在已經證明當初並沒有選錯人擔任團指揮官。

「……雅特麗小姐！小馬！我們這邊結束囉！」

「太太組的各位也一起來了！我們也來吃午飯吧！」

托爾威和哈洛拉著已清空的馬車，從西側的田埂前來。聽到這喊聲的雅特麗和馬修也立刻回頭面向部下，講出眾人期待已久的發言。

「把這些搬完就可以吃中飯！今天是吃米飯的日子！」

如此追加說明後，連在旁聽到的農夫們都發出了歡呼聲。

「中尉！您到底在哪裡，伊庫塔中尉！」

蘇雅士官長呼喚長官的聲音空虛地迴響著……她率領的排從一大早就外出把堆肥和腐殖質送去給農夫們，並在正午前回到基地。然而，即使想要報告任務結果，卻遍尋不著關鍵人物伊庫塔的身影。

「啊啊真是的！請您乖乖死心出來吧！午後也得進行同樣任務，今天我可不會讓您偷懶！您在哪裡，伊庫塔中尉！」

「……伊庫塔，下面有人在找你耶，伊庫塔。」

「我什麼都沒聽～到。」

少年用單手輕輕塞住抱在自己胸前的搭檔嘴巴。

枝葉遮擋了強烈的日照，舒爽的微風撫過躺在吊床上的身體。少年現在正在享受短暫的天國。

「抱歉，蘇雅。不過我已經決定，無論哪個人說什麼，我今天都要在這裡睡到傍晚……」

在自言自語的期間，眼皮也逐漸往下掉……從設立新的團級部隊後，伊庫塔不斷翹掉任務渾水摸魚，就像是要把在北域活躍的份都賺回來。每次只要他認真逃走，能逮住他尾巴的人並不多。

「——哼，還真巧，我今天也想在這裡睡。」

但不知何時，那少數的例外之一卻爬上了他的聖域。伊庫塔撐開眼皮把視線轉向旁邊，只見席納克族的少女穩穩地站在從樹幹延伸出去的粗壯樹枝上。

「……原來是娜娜，真虧妳能找到我。」

「因為我們和生活在平地上的你們不同，總是把視線放在高處。不過……」

講到此處，娜娜克暫時把視線從伊庫塔身上移開，俯視下方風景。她眺望著往下距離遠達二十公尺，可以看到軍人們來來去去的基地情況，同時嘆了口氣。

「……腦袋正常的人不會想在這種地方睡覺。」

「嗯，這不是可以推薦給入門者的方式。」

「是啊——不過，只有現在，我的腦袋也不正常。」

娜娜克先講了這句話，接著居然踢向腳下的樹枝，跳起來整個人撲向躺在半空中的伊庫塔身上。這動作讓少年也不由得感到驚慌，他張開雙臂拚命抱住對方。用繩索固定住的吊床承載著兩人，在樹枝間不斷搖晃。

「危……好危險……！剛剛真的有生命危險啊，娜娜！」

「不，我有信心，我知道你一定會好好接住我。」

娜娜克把庫斯推向腳邊，順勢緊抱住伊庫塔的身體。面對彷彿有磁力的肌膚感觸和芬芳甜香，好一陣子沒碰女性的少年不由得產生想要樂在其中的衝動。

「嘻嘻，這樣正好。只要你不打算把我推下去，就完全無法抵抗。不管是要殺要剮都只能隨我便。」

「等一等一下，不能無視安全上的問題。就連我也沒有在這種高度辦事的經驗。」

「我也是一樣。所以啊，你知道……不貼緊一點會很危險喔？」

娜娜克的雙手纏上伊庫塔的脖子和腰際，讓兩人更加貼近。纖細指尖撫過皮膚帶來的肉體感受讓伊庫塔帶著困擾表情「唔」了一聲。

「你不覺得懷念嗎？伊庫塔。這個樣子會讓我想起謝靈祭那個晚上。」

「如果妳想聽古老故事，我現在的存貨倒是比那時增加很多。」

「雖然那也不錯，但還是下次再聽吧。現在連我也知道，所謂夜襲其實是要做什麼。」

娜娜克解開伊庫塔的襯衫釦子，開始輕輕舔起露出的胸口。她一邊舔著，同時把眼神往上凝視著對手的臉孔。

「要一個勁地忍耐，還是要老實回應呢——你只有這兩種選擇。」

這真是奢侈的兩個選項啊——在伊庫塔還悠哉地如此思考時，探入衣服裡的娜娜克雙手愈來愈侵入深處。但，在她的雙手即將到達不能算是在鬧著玩的領域前，突然有刺耳的聲音和震動傳向正在纏綿的兩人。

「……？怎麼覺得剛剛那是——」

在娜娜克感到疑惑的期間，第二次的震動也伴隨著震耳的「匡」聲傳了過來。這時伊庫塔已經理解狀況，他的臉色瞬間大變，用雙手抓住娜娜克的肩膀。

「……不妙，快從我身上下去，娜娜克。這是斧頭正在砍樹的聲音！」

「再砍一次！」

接到指示的士兵雖然有點困惑，還是掄起斧頭砍向大樹。身旁帶著蘇雅士官長，以嚴峻表情觀看這一幕的金髮少女——夏米優殿下也在現場。在兩人的視線前方，第三次斬擊深深切入樹幹。

「再砍一次！你的氣勢不夠！乾脆以真的要把樹砍倒的心態來做！」

「啊……噢……」

「不不，等一下！先別執行這命令！」

當公主正打算命令士兵繼續揮動斧頭時，樹上傳來近似慘叫的喊聲。她先吩咐士兵暫時停手，並仰頭觀察上方，不消多久就有個熟悉的少年爬了下來。

「什麼啊，原來你在上面嗎？那麼一開始就該老實報告，剛剛真的很危險。」

「妳是明明知道還動手吧……要不然為什麼會突然必須砍掉基地正中央的樹？」

「因為米特卡利夫士官長提出要求，希望能撤除違規者用來偷懶的地方。」

「就是這麼一回事！好了，去執行午後的任務吧，伊庫塔中尉！」

副官抓起伊庫塔的手把他往前拉。幸福時間被打斷的伊庫塔露出厭煩表情開始跟著移動，然而在他即將就這樣被帶走時，另一個人物從樹上出現。

「喂，你們幾個……為什麼要妨礙我們幽會？」

「……娜娜克．韃爾？為什麼妳……」

公主一時愣住，但，根據狀況想像原委後，她再度以嚴峻表情看向少年。

「……索羅克！你和娜娜克·韃爾在樹上做了什麼！」

「呃，因為我們是老相識，當然有很多話可以聊……」「妳要知道還太早了。」

伊庫塔試圖矇混過去，但當事者之一的娜娜克卻講出毀了一切的發言。公主因為害羞和怒氣而面紅耳赤，一臉不高興的蘇雅則從她身旁往前一步。

「等一下，娜娜克……請妳不要對我們的長官出手。」

「蘇雅，就算是妳的請託我也不能聽。我會一而再再而三出手，現在不行就換晚上，晚上不行就換明天，明天不行就換後天。」

「不可以做那種事！軍隊有所謂的紀律！」

「沒……沒錯！不是有句話說入境隨俗嗎？妳要滿腦子小花是妳的個人自由，但不可以牽連到其他人！」

獲得援軍的夏米優殿下高聲大喊。然而，娜娜克卻不屑地嘲笑她們兩人的這番主張。

「妳們嘰嘰喳喳吵死了。基本上，要是不希望男人被我搶走，妳們也只要隨意動手不就得了？」

「什麼……！」「誰……誰在說那種事情！」

娜娜克這種擺明硬幹的態度成了起火點，三人間開始上演喧囂的口頭爭執。周圍的士兵們聽到騷動後也好奇地聚集過來，但當事者們卻毫不在意。

「……夠了！有夠蠢！基本上，這全都是因為索羅克你那種輕浮態度——」

公主無法繼續忍耐無窮無盡的爭論，打算改變攻擊目標，然而她的聲音卻半途中斷。這是由於她為了逮住罪魁禍首而轉過身，卻沒有看到任何人。慢了一秒，蘇雅和娜娜克也察覺這個事實。

「那……那傢伙居然逃了！」「什麼時候消失了……！」「伊庫塔，你跑哪裡去了——！」

初秋的清澄空氣也形成助力，她們三人的叫聲就這樣越過甚至讓人佩服的距離，傳向遠方。

＊

「——以上就是讓席納克族難民移住到猶納庫拉州這措施的結果。關於玉蜀黍的收穫量還必須等待收成，但暫且可以評估至今為止算是很好的成效吧。」

聳立於帝都邦哈塔爾中央的宮殿。在宮殿用地的一角，使用磨碎的翡翠來鑲滿整片牆壁的綠色聖域——深綠堂中，擁有同色眼眸的高級將領的聲音正清楚地響遍整個大廳。

「在米爾特古上校掌管的團級部隊監視下，席納克族應該會繼續以佃農身分工作吧。若把促進席納克族和帝國人民和睦相處訂為長期性目標，在此想懇請今後也能從行政面上獲得支援。」

「…………」

雷米翁上將和伊格塞姆元帥並肩屈膝跪著，稟告移住計畫的中途經過。在其正前方，可以看到皇帝正坐在王座上。

然而，卻無法確定皇帝是否有聽見重點的內容。他的雙眼依舊望向不確定位置的半空中某處，而宛如枯木上殘留細枝的手指，也只是毫無意義地一直搔抓王座的扶手。

「陛下……」

無法繼續承受這種無反應狀態的上將正打算抬頭，這時卻有個尖銳聲音介入。

「真是非常好的消息！沒錯，當然我從一開始就很有信心！」

站在王座旁邊的宰相托里斯奈．伊桑馬沒有請示皇帝的意見，而是以旁若無人的態度直接插嘴。

雷米翁上將狠狠咬牙，帶著滿腔恨意看向宰相的臉孔。

「宰相，我現在是對著眼前的陛下報告，沒有你出場的份。」

「是啊！是啊！其實我本來也想謹守本分在旁待機，但看起來陛下今天的健康狀況似乎特別欠安。既然如此，我當然有責任代為傳達陛下的意見。」

以比平常更強硬的方法取代皇帝後，自認是代言者的宰相換上完全不同的另一種口氣。

「——經過先前的北域方面戰役，已拉攏阿爾德拉本部國的齊歐卡帶來愈來愈多的威脅！如果只是像烏龜一樣貫徹防守並努力經營內政，能夠克服現今的局面嗎！答案是否定的！現實並非如此簡單！對東夷不可等閒視之！因為在我等這樣做的期間，敵國肯定也正在討論下次侵犯我國的策略！」

雷米翁上將的表情逐漸繃緊，因為他對這種帶動話題的手法還有印象。當托里斯奈以皇帝的名義召喚帝國軍首腦二人前來，並開始談論戰局時——接下來的發言總是只會對軍人們指示出不入流的未來。

「那麼我等也不能處於被動！如果面對前方的困難，只有從現在就持續提出對策才是通往必勝的道路！那麼在不久後的將來，最令人擔憂的威脅到底是什麼呢？我想兩位想必非常清楚！」

上將的太陽穴浮現出血管——沒錯，他的確非常清楚。然而即使如此卻仍舊不肯傾聽軍方意見的人，正是固守教義的阿爾德拉教神官們，以及眼前這奸臣本人。

「沒錯，那就是爆炮！我等不能繼續容許齊歐卡製造那個恐怖的兵器！因此皇帝陛下有令——伊格塞姆元帥以及雷米翁上將！基於適當的戰略，斷絕製造爆炮的根源！」

忍耐著聽完這刺激精神的聲音後，雷米翁上將衡量發言的內容，並以低沉的聲音進行確認。

「……講到製造爆炮的必要條件，最優先的是高品質的鐵。如果要斷絕鐵的供給，意思是必須破壞，乃至奪走齊歐卡保有的礦山……」

「正是如此！」

「以現實上的限制來說，除非想要在目前接受全面戰爭，否則無法對齊歐卡領土深處的礦山動手。那麼現今在戰略上有可能奪取……奪回的礦山，可以篩選出唯一的答案。」

雷米翁上將一邊擔心自己會不會忍不住以怒火代替言語，一邊繼續說道：

「奪回舊東域的希歐雷德礦山——我等認定剛才是收到這樣的敕命，沒問題嗎？」

「正、是、如、此！」

托里斯奈點頭回應，咧嘴露出反光的虎牙，讓臉上出現最燦爛的笑容。雷米翁上將感到一股寒意從背脊竄過——正是這種特異性質，讓托里斯奈·伊桑馬成為讓人無法理解的怪物，而非單純只是個奸臣。

托里斯奈正在享受。享受軍人收到不合理命令後產生的痛苦，悲痛，憤怒，還有矛盾的慟哭——他把這些視為勝過任何美酒的娛樂，甚至還勝過保全自身。

「……為什麼……是現在……！」

然而，無論對方是什麼樣的怪物，雷米翁上將都不能感到畏懼。他明知反抗敕命是多麼嚴重的不敬行為，也依然高聲怒吼。

「如果要主張希歐雷德礦山是必要地區，為什麼兩年前不肯下令！在東域還是帝國領土的期間，在哈薩夫．利坎還抱著必死之念死守國境的時候！為什麼無法送出援軍去救援他們！那樣一來甚至沒有必要奪回來！我等只要對那個名將下達『守住礦山』這一句命令就能解決！只要那樣做，我等應該就不會失去國土也不會失去他吧……！」

皇帝的肩膀猛然一震，或許是因為很久都沒有人對他講出激動至此的發言。缺乏生氣的雙眼帶著畏懼感情，看向臣子的臉孔。

「哎呀！這怎麼行呢，雷米翁上將！我剛剛說過了吧，我現在是代替陛下——」

「閉嘴！你這奸狐！不要繼續靠近王座！那裡不是你這等人可以碰觸的地方！」

全力的怒吼駁斥了詭辯，那不顧自身的魄力讓狐狸不禁狼狽。

「陛下！在下是在向陛下您報告！請您傾聽我等的話語！不要透過任何人，而是以您本身的雙眼看向我等！長久以來，這國家的每一個人都沒能親耳聽見陛下真實無偽的聲音，在此請讓在下聆聽……！」

雷米翁上將苦苦懇求，他的翠眼裡甚至含著淚水。這是他捨命的賭注，祈願化為傀儡的君主能恢復心智。因為他還想相信——聲音依然能傳進對方耳裡。

「……啊……啊……」

「……陛下……！」

皇帝舉起雙手，用力抓住自己腦袋。褪色成黃土色的頭髮硬是被根根拔下，在這種安靜的狂亂行徑中，從他口中發出的是……

「……啊啊啊啊……讓……讓那個……閉嘴……托里斯奈……！」

聽起來宛如幼兒，呼喚著宰相名字的聲音。雷米翁上將屈膝跪倒在地，托里斯奈臉上則浮現出相反的耀武揚威笑容，大搖大擺走向皇帝身邊。

「啊啊，陛下……真可憐……請安心，我會立刻吩咐人把您送往寢室。」

宰相一邊安撫處於恐慌狀態的皇帝，接著換上嚴峻表情重新面向兩名高級將領。

「你這樣不行啊，雷米翁上將。如果你要繼續做出會讓陛下傷心的言行舉止，我也不得不認定你不僅是行為不敬，而是有意反叛喔？」

「……讓陛下傷心的我，和讓陛下喪心的你這混帳……哪邊的罪比較重……」

上將撐在地上的一隻手因為失望和憤怒而顫抖。在他的情感第二次發生爆炸前，至此都堅守沉默的另一名高級將領張開那寡言的嘴。

「在此鄭重承接奪回希歐雷德礦山的敕命。」

雷米翁上將以絕望的表情凝視如此報告的炎髮將領面孔。另一方面，托里斯奈的表情卻整個放鬆。

「伊格塞姆元帥，我一直深信你一定會這樣說！——噢，對了，我要提出唯一一項要求。畢竟北域才剛發生過一陣騷動，現在是國內稍微飄散著厭戰風氣的時期。所以為了吹散這種空氣，希望這次的出征能鍍上夠水準的金箔。講得具體一點，舉例來說——在上次戰爭中成為英雄的年輕人們，以及那位公主。如果是他們，應該很適合拿來當作吹捧的神轎吧？」

宰相講完這番話之後就再也沒有開口，彷彿該講的話已經全部吩咐完畢。伊格塞姆元帥行了一禮後起身，對著身旁還跪在地上的上將搭話。

「站起來，雷米翁上將。如果是軍人，只能接受每一次的命令。」

「…………索爾……」

最後再度狠狠咬牙後，總算從失意中恢復的雷米翁上將也站了起來。

他跟在元帥背後離開深綠堂，並往後瞥了一眼。只見侍從們正從兩邊扶著腳步踉蹌的皇帝，讓他往前走去。而旁觀這一幕的托里斯奈卻是一派從容的表情，讓翠眼的將領只能詛咒自身無法勒緊對方脖子的這種立場。

「……沒錯，無論什麼都只能聽命接受……索爾，如果是像你這樣，無論何時都要身為一個正當的軍人，就無法……」

離開之際，他在嘴裡喃喃自語的言論並沒有被本人以外的任何人聽見。

在這件事的兩星期後，受到皇帝敕命支持的希歐雷德礦山奪回案在軍事會議中正式決定，被拔擢為實行部隊的成員們也陸續收到召集命令。在東域陷落後，初次對該地域發動的進攻行動成了由陸海軍雙方攜手合作的大型作戰，在總人數超過三萬的動員兵力中，也包括許多當初由已故利坎中將指揮的前東域鎮台的士兵們。

北域方面戰役終結後過了五個月又多一點，短暫的和平只維持這點時間，就簡簡單單地落幕。千辛萬苦撐過生死關頭才總算生還的士兵們，甚至還來不及讓戰火的記憶慢慢淡去。

而猶納庫拉州的田地中，由席納克族培育的玉蜀黍正準備迎接第一次收成。

第三章

Alderamin on the Sky

卡托瓦納海盜軍

在漫天飛舞的沙塵中，一大群孩子追著球到處奔跑。

曬得皮膚發疼的陽光和氣溫都不算什麼，他們眼中早就只剩下腳邊的球。雖然這只是分成兩個陣營，想辦法把一顆球踢進對方球門裡的單純比賽——但即使如此，已經十分足以讓滿心都是玩樂的孩子們沉迷其中。

「小心點小心點，帽子都掉了！要確實重新戴好才行！」

在面向廣場的建築物屋簷下，有一位坐在扶手椅上旁觀的老婦人正以帶著關心的語氣提醒孩子們小心。要是丟著他們不管，肯定會玩到中暑昏倒。為了避免用不盡的精力反而造成不良後果，保護者有義務確實監督。

「「「「是的！院長！」」」」

孩子們正面回應後，暫時中斷比賽，各自開始撿起在四處奔跑時弄掉的帽子。雖然有很多頂已經被來來回回踩了好幾腳，但他們只是隨便拍掉灰塵，就毫不猶豫地重新戴上。看樣子除了想儘快再度開始比賽之外，孩子們的腦中已經沒有其他念頭。

「……咦～？我的帽子跑哪裡去了？」

許多同伴都紛紛完成再度開始比賽的準備，卻有個少年找不到自己的帽子所以還在晃來晃去。或許是在比賽時被風吹走了吧？他在附近的地面上找了一陣還是沒看到蹤影。

「唔～跑哪去了……」「是這個吧？」

這時，一頂有帽舌的帽子不曉得從哪裡飛來，套到了實在找不出辦法的少年頭上。他愣了一下才東張西望，只見在廣場的入口站著一個身穿軍服的陌生男子。由於對方頭上的軍帽壓得很低，因此無法看清楚表情。

「您是哪位呢？」

感到詫異的老婦人從扶手椅上起身，詢問對方的身分。在警戒的孩子們面前，男子拿下帽子行了一禮。他的黑髮黑眼，以及意外年輕的臉孔也一併公開。

「好久不見了，院長。」

男子以親切的語氣開口，而老婦人這邊也在看清對方面孔時就已經露出喜悅神色。

「……伊庫塔……你是伊庫塔吧！啊，天啊……！」

雖然腳有點不聽使喚，但老婦人還是小跑著靠近男子。途中差點整個人往前跌倒，但事先已經做好準備的伊庫塔及時扶住了她的肩膀。

「啊啊……危險……您的腳不方便，請不要太勉強啊。」

被伊庫塔抱住的老婦人在他懷裡起身的那瞬間，注意到對方左手應有的五根手指卻少了一根。同時，她瞪大了雙眼。

「你的小指……！怎麼會這樣？是在戰爭中受的傷嗎……？」

「嗯？噢……關於這事情說來話長。」

伊庫塔把左手從老婦人身邊抽開，就像是在反省自己怎麼讓對方發現了這件事。從這反應察覺出他並不想說太多的心境後，老婦人也不再追問此事，而是默默地把視線轉移到他處。

「對不起，是我太粗神經了……哎呀，庫斯也有好好和你一起行動呢。好久不見。」

「真的是久違了，芙爾希拉。妳似乎瘦了點。」

腰包中的庫斯也親切地回答。被稱為芙爾希拉的老婦人嘴邊綻放出笑容。

「歡迎回家，兩位——索羅克孤兒院今天也平安無事。」

在孤兒院後方的樹林中，老婦人和少年結伴走著。孩子們的吵鬧聲已經遠去，在翠綠的林子裡，只有此起彼落的鳥兒啁啾聲。

「在你畢業時，我根本無法想像有一天你會穿著軍服回來，伊庫塔。」

芙爾希拉瞇著眼睛說道，伊庫塔也滿心不爽地拉著衣服的袖子。

「我也是一樣，院長。請您別再說了，會讓我很鬱悶。」

「呵呵，是啊。老實說，我覺得不太適合你。」

毫不客氣地打量伊庫塔全身的芙爾希拉這樣說道，少年反而露出放心的表情。

「不過，我有聽說你表現得非常活躍。居然能獲得帝國騎士的稱號，在這裡的畢業生中你可是頭一個……還有，你好像在北方也經歷了很辛苦的戰役？」

「那場戰爭真的很慘。就算獲得再多的正面評價，也只覺得別人是在稱讚我很會清水溝。」

「你不該講成那樣，以結果來說，你救了很多人的生命吧？」

「或許吧。但是為了那樣，我也殺了很多人……不分敵我。」

伊庫塔不屑地說道。兩人邊說邊走，不知不覺間已經來到四處都立著圓柱型墓碑的區域。在雜木林的深處，小小的墓園充滿了清幽的靜寂。

「……嗯？多了一座很大的墓，這是？」

「你還記得前院長嗎？他長期患有肺疾，在三個月前往生。之後就按照本人的希望埋葬在這裡。」

「前院長……噢，司麥索那臭老頭嗎？」

很快換上不滿表情的少年反應讓芙爾希拉感到很有趣，她呵呵笑了。

「他和你處不來呢，因為那個人是虔誠的阿爾德拉教徒……」

「虔誠……嗎……算了，就當作是那樣吧。就算在墓前抱怨死者也只是白費力氣。」

伊庫塔嘆著氣這樣說完，直接從自我主張莫名強烈的墓碑前通過。芙爾希拉先向前院長的墓鞠了一躬才跟了上去，很快來到墓園用地的東邊角落後，兩人同時停下腳步。

那是一個小巧而端正的墓地。雖然樣式和其他同樣是圓柱型，但尺寸卻很含蓄，照慣例通常會刻在墓碑上的一段宗教典籍內文也沒有出現在這上面。如果說前院長的墓碑是為了彰顯生前功績而傲然屹立，這個墓地則給人一種沉默寡言，彷彿悄然佇立於此的印象。

記載於白色墓碑上的文字，只有短短的一句話——優嘉・桑克雷長眠於此。

「好久不見了，媽媽。」

伊庫塔屈膝跪地，嘴角掛著溫和的微笑，正面朝向這個墓地……朝向最愛的母親安靜沉眠的小小墓地。

「抱歉好一陣子沒能過來，因為有很多事情亂成一團。說是為了表示歉意雖然有點奇怪……不過我今天帶了點禮物來喔。」

伊庫塔使用根據平常的他實在難以想像的溫柔語調對著墓碑說話，並從單手拿著的布袋裡取出某個物體。原來是用厚朴葉裹著的一團巴掌大米飯。接著伊庫塔把水壺裡的茶倒進小碗裡，放在剛剛那東西旁邊一起供在墓前。芙爾希拉以很有興趣的態度從旁探頭觀察。

「……那是什麼？」

「好像叫做飯糰，據說是亞波尼克的傳統食物。因為從友人那裡拿到了上好的古那米，所以我就趁這個機會，參考以前從媽媽那裡聽來的做法試作了一個。」

講完這句話後，伊庫塔就不再說話，只是靜靜地看著母親的墓。芙爾希拉在旁邊守護著他的背影，過了一陣子才突然開口說道：

「你果然還是不祈禱呢。」

「……………」

「不，其實這也沒關係。畢竟你一直把自己身為科學信徒這點引以為傲。不過似乎就是因為這樣，才會被前院長疏遠……」

「……雖然常常遭到誤會，但我即使身為科學的信徒，也不是無神論者。既然現有的科學沒有能證明神確實不存在的手段，這也是理所當然的事情。除非神哪天自我宣告說：『我真的不存在』，才能另當別論。」

「你不是已經聽過這句話了嗎？在令堂過世時……」

伊庫塔不自覺地咬緊嘴唇。他並沒有回答芙爾希拉的提問，而是繼續發言。

「……我討厭信仰在絕對化後，有時會導致人們停止思考的狀況。然而，那並不是在否定宗教本身的意義，我甚至覺得宗教會挽救靠科學無法拯救的對象。因為這個孤兒院的經營，也有很大部分是仰賴阿爾德拉教團的捐款。」

「是啊，我明白，因為你從以前就是個懂事的孩子……不過，有時候總讓我忍不住感到心痛。因為面對再也不會歸來的重要對象時，科學的言論似乎並不會安慰你那顆拒絕祈禱的內心……」

老婦人的手輕輕地放到少年肩上。彷彿是想要拒絕這份安慰，又像是因為感到害怕……伊庫塔用力踏著地面起身。

「……對不起，院長。其實我沒辦法在這裡待太久。」

「嗯，我明白——你必須前去參加下一次的戰役吧？」

伊庫塔不可能是自願穿著這身和他格格不入的軍服出現在母親墓前。打從一開始，芙爾希拉就已經隱約察覺到即使如此他仍舊不得不這樣前來的理由……同時這位老婦人也明白，伊庫塔在前往戰地的途中繞來老巢的目的，並不是只為了向母親的墓致意。

「是的。所以，在那之前……我先過來取回之前寄放在您那裡的東西。」

伊庫塔轉過身，以僵硬的語調這樣說道。芙爾希拉重重點頭，把手伸進長袍中。

「從聽說你成為軍人的那時候開始，我就產生了近似預感的感覺。覺得必須把這個還給你的日子，總有一天必定會到來……自從有那種想法，我一直把這個隨身帶著。」

她拿出的物體，是一個尺寸勉強還能用手握住的銀製工藝品。根據邊緣的箭頭型裝飾，以及內側露出的勾扣，看起來似乎是和軍方有關的某種徽章。伊庫塔帶著感謝向芙爾希拉鞠了一躬，然後才以類似厭惡的態度，伸出右手接下這個銀製工藝品。

「……我希望必須依靠這玩意的日子永遠不要到來，這種想法到現在仍舊沒有改變。」

「嗯，我明白，我還記得當初你丟棄這東西那天的情況——不過，伊庫塔。對現在的你來說，已經有即使必須捨棄那時的堅持也想要守護的對象吧？」

隔了好長一段時間，少年才微微點頭。芙爾希拉的嘴角露出淺淺微笑。

「能得知這一點，是最讓我感到高興的事情。比起那些透過傳聞聽到的任何一個顯耀武勳都讓我高興。」

「…………」

「你務必多加小心，伊庫塔。我不會祈禱你武運昌隆，因為我只會一直祈禱……願你能確實保護你自己本身，還有重要的對象。」

充滿皺紋的雙手握住伊庫塔的右手。芙爾希拉在小墓前講出的祈禱化為無限溫柔的語調，逐漸浸透伊庫塔的耳膜……就算這祈禱仍舊無法上達天聽，他還是默默地仔細體會這尊貴的心意。

＊

另一方面，在同一時期。除了伊庫塔以外的騎士團四人與夏米優殿下都按照軍方的召集，前往位於帝國南域的港口。那是比以前參加高等軍官甄試時去過的港口更靠近東方的大規模軍港。

「嗚喔喔，好壯觀……這是我第一次看到這麼多軍艦排在一起。」

來到碼頭的馬修感嘆地說道。出現在他視線範圍內的景象，可以看見有超過二十艘的中、大型軍用帆船，以及數量是帆船兩倍以上的輸送船正浮在藍色水面上。在多雲的天空下，還有無數船桅正一根根朝著天空昂然豎立，就算船帆因為處於停泊狀態而被收起，但依然具備足以震撼觀賞者的魄力。

「看來卡托瓦納海軍第一艦隊的船已經有七成左右聚集於此。剩下的三成應該會在其他港口會合，所以是不是該判斷出航的準備已經完成了呢？」

「我等有可能正在讓對方等待，稍微加快腳步吧。」

聽到夏米優殿下的發言，其他四人也點點頭提高速度。和維修船隻的海軍士兵們錯身而過的一行人正沿著海往前進，卻聽到頭上突然響起不吉的轟隆聲響——下一瞬間，他們就遭到強烈的驟雨侵襲。

「糟……真的下起大雨了……！已經可以看到被訂為集合地點的旗艦，如果不想被淋成落湯雞，就快點往前跑吧！」

聽到雅特麗的喊聲，所有人都依言開始奔跑。他們在宛如瀑布般的豪雨中跑了幾分鐘後，到達一艘和港中停泊的其他船隻相比顯得大了一圈的軍艦旁。在船隻和港口間的舷梯前方，有兩名水兵擋在那裡。

「站住！那邊的五個人！快報上所屬單位和姓名！」

「這邊是隸屬於帝國陸軍第三十二團的雅特麗希諾・伊格塞姆中尉，包括同行者總共五人。除了預定在下個港口會合的伊庫塔・索羅克中尉，我等皆是根據召集命令前來報到。」

雅特麗一邊報上名號，同時從背包裡拿出放在皮革製護套中的委任狀遞給對方。水兵們必須費好一番工夫才能在豪雨中看清內容，其中一人把上衣當成雨傘撐起，另一人則負責確認。沒過多久，他們一發現來人中包括皇族立刻臉色大變。

「……實……實在多有冒犯！第三公主殿下！非常感謝您這次前來支援，吾等深感光榮！」

水兵們以緊張拘謹的態度敬禮之後，才動作僵硬地指向舷梯。

「請您直接前往甲板後接受船上人員的導引，上將在作戰室裡恭候您的大駕。」

五個人按照在船上等待的水兵指示，從甲板踏入通往船內的樓梯後，才總算逃離這場狠狠淋下的大雨。話雖如此，也很難說他們有成功避免成為落湯雞，頂多只勉強保住貼身衣物沒被淋濕。

「嗚……被淋得好慘啊。在見到上將前，得先稍微擦一下身體……」

哈洛撲著溼透的頭髮喃喃說著，但負責帶路的水兵卻很乾脆地繼續往前走，讓她沒有時間從行李中拿出毛巾。其他四人也是同樣狀況，總之他們只能被迫放棄擦拭身體的念頭。

一行人邊盡量避免身上雨水落到船上，同時觀察著船艦內部。

「……剛剛沒空仔細看清外表，原來這是一艘大得驚人的船呢。看樣子往下似乎還有其他樓層，主要居住區大概也是在下面？即使只算水兵，搭乘的人員恐怕就已經不只百人吧？」

「這艘船是海軍第一艦隊旗艦『黃龍號』，搭乘人數的上限應該是一千零四十人。」

馬修嘟囔著回答了雅特麗的疑問，托爾威瞪大眼睛看向他。

「你真清楚，小馬。原來你對船隻很熟悉啊？」

「這……這點小事算是常識吧，是你們沒好好用功。」

「唔，這話聽起來真有點刺耳。畢竟陸軍和海軍連命令系統都有很大差異，容易讓人不由自主地認為兩方是不同的組織……不過實際上也會出現像這樣聯合組織作戰的機會，所以不能當成沒好好用功的藉口。我們也得向馬修看齊才行。」

雅特麗雙手抱胸如此沉吟。明明難得被人稱讚，微胖的少年卻露出難以形容的表情並轉開視線。對他這種態度感到不解的夏米優殿下正打算開口，前方已經有點拉開距離的帶路水兵卻在走廊最深處的房門前停下腳步。

「這裡就是作戰室，各位請進吧。」

五人雖然對濕掉的軍服感到介意，但還是按照指示進入房內——一見到在室內等待的光景，雅特麗以外的所有人都表現出明顯的狼狽反應。

「Welcome！歡迎你們來到人家的船，年輕的英雄們！很開心見到各位！」

一個清晰俐落，但是卻又帶著莫名魅力的聲音貫穿五人。聲音的主人正在房間深處和兩名部下一起迎接他們，而且散發出讓人一看就會留下強烈印象的特質。

首先對方擁有挺直的鼻梁，帶紅色的黃色長髮呈現宛如海面波浪的起伏，嘴唇抹著顏色鮮豔的口紅，眼皮則利用紫色眼影呈現出陰影……如果只是這樣，還可以理解這是一位濃妝豔抹的美人。然而問題是繼續往下——出現了被發達肌肉從內部撐起的海軍服，以及絕對有超過六尺的高大身軀。

「……哎呀～？怎麼了你們幾個，是淋到雨了？真～可憐！全身都溼透了嘛！鄧米耶、波爾蜜，快點幫他們擦乾！」

聽到這個人物——到目前還無法判斷到底是男是女——的命令後，原先在兩旁待機的男女兩名部下都走向雅特麗等人身邊。接著他們從懷中取出手帕，開始幫有些不好意思而縮著身體的五人擦拭臉孔和頭髮。

「啊～用手帕根本不行呢。真抱歉啊，我會讓人馬上拿毛巾過來。」

被喚作鄧米耶的男性軍人邊擦著哈洛的頭髮邊這樣說道。他是個態度溫和的短髮青年，自然的笑容給人良好的印象。

「可以麻煩你把頭稍微抬高嗎？因為脖子這邊也要擦到……」

是人家的姪女。她並不是這艘船的成員，而是在另外的中型艦上擔任副艦長。軍階和各位相近，年齡大概也只比你們大一點，要和睦相處。」

「以前就曾經聽說過各位的英勇表現，還請多多指教！」

波爾蜜紐耶一等海尉這樣說完，就和馬修等人一一握手。在得知「她是尤爾古斯上將的姪女」這種預備知識的情況下觀察外表，的確能夠從那頭帶著紅色的黃髮上看出他們之間的血緣關係。不過話雖如此，其他部分卻是完全沒有相似之處。

「我預定要讓你們分成同人數的兩組，分別搭乘這艘船和波爾蜜的船。當然再怎麼說公主殿下都是要待在本船，不過其餘的人要怎麼分組就由你們自己決定。還有雖然不太禮貌，但是連不在場的同伴也必須幫他一起決定。」

獲得意料外的選擇權後，五個人紛紛看向彼此。在年輕人們正在煩惱時，尤爾古斯上將笑著追加了這麼一句：

「以我個人來說，可愛男孩留下會讓我比較開心……呼呼呼。」

「我希望能前往中型艦！」「我……我也想要前往那邊！」

感覺背脊發涼的馬修和托爾威接連舉起手，尤爾古斯上將露出明顯的失望表情。

「哎呀，你們兩人都要離開嗎？真可惜，人家還特別注意你們呢……」

「我想和殿下一起留在旗艦上。哈洛，妳呢？」

「嗯～我是去哪邊都沒關係啦……」

雖然對哈洛來說這是個難以做出判斷的狀況——但如果以雅特麗留在旗艦上作為考量的前提，那麼另一邊應該要讓伊庫塔以領導者的身分加入吧。她如此決定後開口說道：

「……那，我也要留在旗艦上，不過這樣好像分成了男性組和女性組呢。」

「偶……偶爾這樣分也不錯吧？話說回來，上將大人，請問我們的部下該怎麼辦？」

「這個嘛……我原本打算讓你們的部下分別搭乘包括這艘旗艦的好幾艘船，不過很不巧，波爾蜜那邊的搭乘人數沒有剩下那麼多名額。嗯，適度地帶個八人左右過去就行了吧？」

上將給了很隨便的指示，馬修和托爾威只能面面相覷。

「……好像只能帶少少八人過去。該怎麼辦，托爾威？」

「從小馬你的部隊和我這邊熟練度最高的狙擊兵排裡各挑出四人如何呢？畢竟光照兵在海戰中很難成為戰力，我想阿伊也能接受。」

這次托爾威帶來了一個連的風槍兵共兩百人，由馬修指揮的排也包括在內。由於他們分別身為中尉和少尉，在軍方組織上是屬於長官和部下的關係。

「我是沒差……不過帶八個你的狙擊兵過去應該比較好吧？」

「這要看用什麼角度思考。例如在衝進敵艦時，或是在被敵方入侵後發生的戰鬥中，我覺得習慣近距離戰鬥的你們會比較可靠……而且，基本上這次我們算是身處客場。就算阿伊可以另當別論，但是有聽從自己指揮的部下跟在身邊應該會讓我們感到比較放心吧。」

要是沒有部下，就會成為空有頭銜的指揮官。既然得待在原本就不習慣的軍艦上，最好避免陷入那種微妙的立場——馬修聽出托爾威的這種言外之意，也理解地點點頭。

「看來有結論了？那麼，等一下會領你們前往各自的崗位。等你們從落湯雞恢復成正常水準的人類後就立刻行動吧。」

尤爾古斯上將這樣說完，沒過多久就有拿著一疊大型毛巾的水兵進入房內。

和女性組分開行動後，馬修和托爾威一起離開旗艦。他們從待機的部下中選出八人，然後跟在波爾蜜紐耶一等海尉後方，開始在港口中移動。豪雨已經在一行人和尤爾古斯上將談話的期間完全停歇，可以透過逐漸散開的雲層隙縫看到美麗的藍天微微露臉。

「啊……那個，稱呼妳為尤爾古斯海尉……就可以了嗎？還是該加上大人？我說，托爾威，這種情況下的指揮系統是怎麼排列啊？」

「尤爾古斯小姐是一等海尉，所以和我們同樣是尉官。既然是要在同一位艦長手下分別指揮不同的部下，所以關於哪邊階級較高的問題很難一概而論……」

核對雙方知識的兩人還沉吟著沒找出答案，這時波爾蜜紐耶海尉回過頭對他們微笑。

「請不必加上大人這種稱呼，雖然時間不長，但我們是搭乘同一艘船的夥伴。」

看到對方露出宛如野外盛開花朵般的可愛笑容，馬修的心情也整個好轉。他放鬆警戒心，不知不覺之間也變得多話起來。

「妳能這樣說真是太好了。哎呀，其實我本來很不安。參加高等軍官甄試時曾經碰過船難，而且除了這件事，我還聽說過各種關於卡托瓦納海軍的可怕謠言。例如『是軍隊也不是軍隊』或是『擁有治外法權的粗暴集團』等等……不過，果然謠言只不過是謠言，在還沒有親眼見識之前不能妄下判斷。」

當雙手環胸的馬修還在自言自語，不知何時，前往目的地船艦的移動過程已經結束。兩人站在停下腳步的波爾蜜紐耶海尉後方，一起抬頭仰望眼前的船隻。

浮在平穩海面上的船隻雖然比先前的「黃龍號」小了很多，但仍舊是相當雄偉的三桅木造巡洋艦。由於處於停泊狀態所以並沒有放下船帆，但還是可以根據帆桁的方向看出前面這一根是橫帆，其餘兩根是縱帆。

「來，各位上船吧。全體船員已經等很久了。」

波爾蜜紐耶海尉以輕快的腳步踩上舷梯，馬修和托爾威也跟了上去。然而，當他們帶著輕飄飄的心情，毫無戒心地踏上甲板的那瞬間——

「「「「「「歡迎回來！尤爾古斯老大！」」」」」」

卻受到一整群男人的粗野吼聲迎接，讓他倆差點跌倒。連跟在後面的部下也一起往後仰。

只見在甲板上列隊的一大群水兵們全都敞開上衣，露出曬黑的皮膚，直接展示著雙臂和胸前的強壯肌肉，某些人的身上甚至還可以看到刺青。他們這副模樣，再加上那沒好氣的粗魯聲調，只能用「看起來活像流氓」來形容。

「啊～我回來了，辛苦你們來迎接啦。」

馬修和托爾威一時之間無法理解這句話是出自於誰的口中。然而，只要冷靜思考，就知道答案只有一個。不久之前才露出花般笑容的女性一接受水兵們的迎接，立刻脫下上衣隨手甩開，展現出和他們一樣的曬黑膚色。

「正如你們所見，這些傢伙是根本不懂大海的陸軍新人。在習慣之前，要好好『照顧』他們，知道嗎。」

「「「「「「是！尤爾古斯老大！」」」」」」

明明語調很粗魯，但聲音卻整齊一致。馬修產生非常不妙的預感，同時戰戰兢兢地開口：

「那……那個……尤爾古斯海尉……？不，我是說海尉大人？——嗚哇！」

在一陣空氣被劃破的聲音後，銳利的刀刃逼近想要提問的馬修眼前。原來是手上握著寬刃彎刀的波爾蜜紐耶海尉在回身的同時也揮刀把尖端指向馬修。

「我說過叫你們不要加上『大人』吧？你有沒有好好聽人說話啊？胖子！」

凶惡的聲音刺中馬修，讓他真的很想哭，懷疑先前為止還在眼前的那個溫柔女性到底上哪裡去了。這時，對方發動毫不留情的追擊。

「如果要加，就叫我『大小姐』！或是叫我尤爾古斯老大！雷米翁家的竹竿也給我記住！」

「咦……是！」

托爾威那種碰到對手以蠻橫態度強硬要求就無法抵抗的弱點久違地暴露了出來。波爾蜜紐耶海尉對精神上已經完全被壓倒的兩人露出狂妄笑容，率領背後那群虎背熊腰的部下，大搖大擺地雙手環胸站在眾人眼前。

「我話先說在前面，是你們兩個自己挑錯了前往天國和地獄的選項喔？和叔叔的船艦不同，在我們這邊可沒有要求船員們必須溫文有禮……算了，這也沒啥好驚訝，只不過是這裡和那胖子之前聽過的評價相同而已。」

她把彎刀的刀身靠在肩上，抿著嘴哼哼笑著。馬修和托爾威一瞬間就深深理解。看她的言行舉止，與其說是軍人，的確更接近海盜。就連當初剛見面時讓人不忍目視的臉上傷痕，現在也僅僅只是構成她原本形象的一部分。

「不管怎麼樣，歡迎你們前來卡托瓦納海盜軍第一艦隊第十三號巡洋艦『暴龍號』。我很樂意接受各位喔，陸上的英雄們——好啦，別那麼明顯地鐵青著一張臉，就算你們再怎麼想逃走，也已經上了賊船。」

一看到所有士兵都已登船，水兵們立刻在馬修和托爾威的背後收起舷梯。得知與陸地的聯繫遭到切斷的那瞬間，一行人產生這下真的被關進野獸籠裡的感覺。

「長……長官……」

即使聽到背後的部下以微弱的聲音這樣叫著自己，兩人一時之間也無法回應任何話。

＊

另一方面，同一時期。在即將出航的第一艦隊旗艦「黃龍號」上，完成赴任手續的雅特麗和夏米優殿下正兩個人一起參觀艦內各處。

「啊——您……您是第三公主殿下！很不好意思要從您身邊經過！」

「雖然這裡是個骯髒的地方，還是請您放鬆心情好好休息。」

一看到兩人的身影，在船內匆忙往來的水兵們立刻停下腳步向她們致意。雖然很抱歉必須讓忙碌的他們更添麻煩，但兩人還是堅持想要盡早掌握艦內的構造。

「……畢竟這可不能告訴尤爾古斯上將，其實我們從上船的那瞬間就開始擔心船沉時的問題呢。」

「即使如此，但還是要有備才能無患。因為我們已經親身體驗到軍艦在該沉沒時照樣會沉沒。」

兩人回想起在前往高等軍官甄試會場的途中，接駁船遭遇暴風而沉沒的往事。她們盡量貼著通路的牆邊，在船內移動。總共有四層的船內廣大得像是一間小型旅館，一行人被分配到的房間位於第二層，光是探索這裡就已經花了相當多時間。

「三層以下可以另外再找時間去看看。那裡主要是士兵們的居住空間，我等應該沒什麼機會過去，何況照顧部下的任務也已經交給哈洛負責。」

「看來是如此。那麼，就在盡量不要妨礙到他人的情況下往甲板上移動吧。」

兩人對著彼此點頭，沿著樓梯往上。一來到甲板，下一瞬間含有潮水味道的海風就拂過兩人，吹起長髮。跟瀑布沒兩樣的豪雨已完全停歇，太陽取代飄往西方的雲朵，正發出耀眼的光芒。

「很快就要出發！快點拉開後桅上的橫帆！」

在毫不留情的陽光下，有許多水兵正在進行操船動作。有人為了撐開收起的船帆而沿著繩梯爬上會讓人頭暈的高度；也有人正在為了解開把船隻繫在港邊的繫船纜而忙碌地動著雙手。這種連外行人都看得出來的俐落動作，真不愧是旗艦上的人員。

在雨後的晴天下觀察這艘「黃龍號」，正在港口中突顯出它的雄偉樣貌。首先超過一百公尺的全長就已經具備壓倒性的魄力，而且並不是呈現細長形，而是透過該稱為船艦脊樑的極粗龍骨來架構起中心穩固的堅實構造。雖然和其他船艦一樣是三根船桅，但船桅上的船帆數量卻完全不同，光是主桅就可以看到六根帆桁。

「這是很有看頭的船吧？基本上我方自稱是世界最大的船艦。」

為了避免妨礙到操船作業，雅特麗和公主殿下躲到位於後方甲板的較高位置，從那裡眺望整艘船。這時，突然有一名青年靠近他們。那正是先前在作戰室中已經見過的尤爾古斯上將的副官，鄧米耶·剛隆海校。

「是的，我覺得這艘船很雄偉，也不認為他國能擁有比這艘還要大型的船艦。」

「的確……不過，船這種東西並不是單純地愈大愈好。因為既然體積如此龐大，在航海中的動作自然也會變得比較遲鈍。所以活用載運量的人員和物資輸送就成了本船的主要任務。明明是一艘軍艦，這種情況是不是不太對呢……兩位不這樣認為嗎？」

明明只要用社交辭令帶過對話就好，剛隆海校卻丟出了讓人不知道該怎麼回答的質問。公主感到困惑，而旁邊的雅特麗則面露苦笑——從他和尤爾古斯上將的互動也有察覺到，看來這個青年的個性和外表並不一致，似乎相當悲觀諷刺。

「……在艦隊中，旗艦本身就是指揮的中樞，也是能移動的司令部。如此一來，旗艦的任務與直接戰鬥無關反而是很自然的情況吧。因為這裡一旦被攻陷，戰事就會結束，因此最優先的條件並非進攻的力量，而是防守的力量。從這點來看，這艘船擁有符合自身規模的大量近身戰鬥人員，應該十分有資格被稱為優秀的旗艦。」

雅特麗毫不膽怯地敘述意見後，剛隆海校用力拍了拍自己的額頭。

「這真是正確理論。不愧是伊格塞姆小姐，如傳言般無懈可擊。」

「不，沒那回事。我先前才自我體認到對船隻實在缺乏知識。」

看到雅特麗謙虛地低頭行禮，剛隆海校趕緊伸出雙手制止她。

「等等，這也太出人意料……不需要那麼恭敬，請表現得更了不起吧。畢竟尤爾古斯上將也有吩咐我要好好款待各位。」

「是這樣嗎？那麼雖然這是讓人惶恐的冒昧行動，但我現在就有件事情想請您指教。」

「還是堅持講話要這麼畢恭畢敬嗎……那麼，妳想知道什麼？」

「在搭乘這艘船的期間，我等要做什麼才合適呢？」

這是一個直接到不能再直接的提問。青年露出苦笑，猶豫著不知該說什麼，一陣子之後才擺出似乎已經放棄的態度，靠到甲板的扶手上。

「……講得直接了當一點，完全沒有事。請各位盡量放輕鬆休息就可以了。」

「聽說這趟船旅會超過二十天，這段期間內如果沒有任何工作，實在非常無聊。」

「我們並不是想把各位晾在一邊乘涼。但是關於這次要如何對待各位，即使從我等的角度來看也實在很複雜……」

青年搔著臉頰，露出不好啟口的表情。這時一直保持沉默的夏米優殿下開口說道：

「因為內閣意圖讓出征行動鍍金的如意算盤，讓你們被迫收下並沒有主動提出的附帶贈品……就是這麼一回事吧。」

「請……請不要這樣說！我可以發誓，我很感謝各位的馳援。即使我等被稱為卡托瓦納海盜軍，但根本上果然還是軍中的一份子。光是公主殿下您在旗艦上，船員的士氣就和平常差了好幾倍。」

「如果真是那樣，我也總算能夠放心……不過即使如此，在現實面上還是沒有能託付給我等的任務嗎？」

面對公主的追問，剛隆海校收起表情，雙手抱胸開始沉吟。

「……您應該知道這次作戰的綱要吧？陸軍為了奪回舊東域的希歐雷德礦山而往東征戰，而我等則沿著海路運送補給物資。」

兩人點點頭。他們的長官暹帕．薩扎路夫少校也率領著一個營參加了那支陸軍部隊。由於要奪回的礦山位於內陸，因此主要戰力也是陸軍。

「如果能按照理論路線朝向目的地航行，途中就會進入由齊歐卡擁有制海權的海域，所以可以預測到在那之後發生海戰的機率並不低。因此本來，我等是希望以海兵定位前來援助的各位能夠在那種時候成為戰力，但……」

在非戰鬥時間負責進行操船作業的人是「水兵」，相對之下，作為純粹的戰力登船的成員則被稱為「海兵」。騎士團與他們指揮的部隊原本這次應該要被視為這樣的身分——

「……但基本上各位是陸上的軍人，如果想充分活用這能力，應該會被編入陸軍部隊那一邊。結果卻特地把各位送來不同分野的海軍，這事實被我等解釋為來自高層的暗示訊息。也就是在表示——『安全至上，別讓第三公主和英雄們的部隊受到傷害』。」

雅特麗嘆了口氣。「被鄭重藏匿在後方的援軍」雖然聽起來很可笑，但也是經常出現的諷刺狀況。

「已完成離港準備！解開繫船纜！」

宣告船旅開始的叫聲清晰傳遍了寬闊的甲板。有種腳下似乎浮起的感覺瞬間閃過，讓雅特麗和公主殿下都確實感受到船隻真的離開港口了。

「……已經出航了嗎。很抱歉，雖然才聊到一半，但我必須離開了。」

剛隆海校先向兩人致歉，接著挺直背脊舉手敬禮。兩人也以相同動作回應後，他微微一笑才轉過身子，以小跑步衝過甲板，最後背影就消失在通往船內的樓梯口。

「……雖然早有預想，但果然沒有被視為對等的戰友呢。不過他並沒有試圖以言語討好並敷衍搪塞，而是像那樣明確解釋。這點倒是可以說運氣很好。」

「事實上我等的確是門外漢。把一切都委交給身為專家的他們應該也是一種可行的選項……但是，妳並不打算那樣做吧？」

「是的……我們每一個人都已經在北域深切感受到『身處逐漸惡化的狀況卻沒有改善事態時所需的必要權限』是讓人多麼煩躁不甘的事情。我對海軍的實力寄予相當的信賴，也完全不打算把尤爾古斯上將和薩費達中將混為一談——然而即使如此，所謂的戰場就是無法預測會發生什麼事的地方。」

就算只有百分之一，只要是為了提昇生存率，雅特麗甚至不惜跨越有禮客人該謹守的界線。那雙鮮紅的眼眸帶著堅強的意志，仰望眼前聳立的船桅。

站在她身邊的公主雖然覺得這樣的雅特麗很可靠，但表情卻似乎還帶著陰影。

「……可是……暗示的訊息嗎……」

「？您是在說剛隆海校剛剛的發言？」

「嗯。『安全至上，別讓第三公主和英雄們的部隊受到傷害』——對於高層把我等送進海軍部隊的意圖，他們似乎是那樣解釋。既然是自許為海上戰士的人們，這也是理所當然的想法吧。然而……若從我的視點來看，卻覺得那未必就是真相。」

「……您意思是這個安排並不是為了保障我等的安全？」

「有讓我納悶之處。和一越過國境就必定會發生武力衝突的陸路相比，或許海路的確可以算是安全……然而，這再怎麼說也是指在最前線戰鬥的部隊。只需讓我等在戰線後方負責輸送任務，即使在陸上應該也能夠充分保障安全。而且考量到若有萬一時哪邊比較方便避難，反而是陸路比較合理吧。」

「若要假設在確保安全之外還另有意圖……殿下，那就是……」

「在目前的時間點，我還不能下判斷。或許單純只是想要提振海軍的士氣……不過，關於剛剛提到的『高層』，並非僅限於軍方的高層。讓我等成為援軍好為出征行動鍍金——根據這種想法，這應該是擔心國內厭戰形勢高漲的內閣做出的考量吧。」

那可是魔境啊……公主滿心厭惡地低語。棲息於宮廷中的腐敗貴族們到底有什麼企圖——就算公主很聰明，但是要她在目前就看穿這點依然超過她的負荷。

看到公主快要陷入思緒形成的迷宮，雅特麗開口說道：

「無論如何，現在的首要之務是必須鞏固基礎。雖然不能否定我等在海上的確是外行人，但在先前戰役中和齊歐卡部隊交手後獲得的經驗裡，肯定包括許多現在的海軍並不清楚的情報。我想以此為開端，趁早確保我方的發言權。」

雅特麗邊說，邊把視線從甲板移向大海。從「黃龍號」右舷往外望的大海上，可以看到整個艦隊已經開始移動。在那些比旗艦更早離開港口的中型艦中，也包括了馬修和托爾威應該在船上的「暴龍號」。

「……或許尤爾古斯上將的姪女也有可能成為某種突破口。不過要期待馬修和托爾威辦到這種事情，是不是太強人所難了呢？」

＊

「喂！別慢吞吞的，胖子！給我更俐落點行動！這個遲鈍的蠢貨！廢物！」

波爾蜜紐耶海尉的怒吼從遙遠的下方傳來。馬修拚命地抱住帆桁，甚至沒有餘裕感到火大。

「別……別強人所難！我們根本沒有在船上作業的經驗，哪可能在這種地方迅速行動！」

馬修一開口叫苦，下面就爆出一陣笑聲。他目前的所在位置是用繩梯爬上前桅後——在距離海面約十二公尺的地點，以垂直角度往前延伸的帆桁前方。腳下沒有穩固的立足點，只有一條又細又不可靠的踏腳索作為代替品。馬修當然會感到害怕。

「竹竿！你也一樣太慢！想擔心同伴，就先把你自己給照顧好！」

同樣被命令登上主桅的托爾威由於手腳較長，可以說是比馬修更為有利，但他在踏腳索上移動時依舊猛冒冷汗。畢竟光是高度就已經讓人腿軟，還會有強風毫無預警地從橫向吹來。

然而，講到他們兩人為什麼要做這種危險的行徑，其實並沒有什麼實質上的意義。只是要他們去拿下事先綁在帆桁最底端的繩子，好讓船上人員嘲笑他們那種拚命的模樣。簡言之，這是假借船上作業訓練之名，行虐待之實。

「——哎呀哎呀，你們的動作實在有夠慢！就連蝸牛也比你們俐落！難道不覺得丟臉嗎！」

花了將近三十分鐘拿到繩子後，兩人驚險萬分地回到甲板上，卻遭到波爾蜜紐耶海尉不分青紅皂白地一陣痛罵。這讓馬修的忍耐力終於到達極限。他強制調整好急促的呼吸，接著用力踏著甲板地面站了起來。

「妳……妳也該差不多一點！為什麼身為援軍的我們必須模仿水手做這些事！又不是人手不足，別讓我們做這種不同領域的工作！」

「……啥？喂喂，你這胖子還沒理解自己的立場嗎？」

波爾蜜紐耶海尉以不以為然的態度這樣說道，舉起架在肩上的彎刀用力一揮。把彎刀的前端對準馬修的鼻子後，她繼續開口：

「首先，我們對來自陸上的援軍並不覺得感謝，只會因為增加了多餘的負擔而感到很不爽。再加上這艘船上可沒有所謂的海兵，出狀況時所有人都要參加作戰，平常時每個人都得工作。這是理所當然的狀況，我們可沒有餘裕讓人吃閒飯！」

「……我承認這種方針是有道理，我們也對於自己吃閒飯的狀況感到很過意不去。如果有什麼事情能幫上忙，當然不會吝於協助——可是！」

馬修講到這邊，伸手指向背後。他那些在暈船狀態下還被迫進行嚴苛訓練的部下們，正四個人一起臉色鐵青地躺在那裡。

「從第一天就把他們逼成那樣是想怎樣！如果是新兵的訓練期間，稍微過度的操練倒也還可以接受，但現在的情況並不一樣，或許幾星期後就會發生實戰啊！基於這點，比起訓練我們成為半吊子的水手，現在更應該去思考如何讓彼此更有默契的合作吧！」

「哼！明明是個動作慢吞吞的胖子，就只有嘴巴很厲害嘛。」

「……沒錯，就是那表情。讓我最不爽的是妳的態度。妳從一開始就沒有打算要好好鍛鍊我們，只是單純想利用訓練當幌子實施虐待吧！」

一股火氣衝上腦袋的馬修壓低聲調提出指責，波爾蜜紐耶海尉哼了一聲。

「哼，有一半算正確答案。我們從一開始就完全不期待你們這些傢伙，因為陸上的人來到海上不可能有正常的作戰表現。所以當然也不需要合作，畢竟一旦開打，你們只會躲在船艙中嚇得瑟瑟發抖而已。」

「妳這混帳講什麼話……！」

馬修氣得渾身發抖，但托爾威卻代替他往前一步。

「尤爾古斯海尉，可以請妳適可而止嗎……我已經很清楚妳瞧不起我們，但不管怎麼說，看到戰友受到侮辱會讓人很不愉快。妳能了解嗎？這種事情真的讓人感到很不快。」

帶著強烈意志光芒的一對翠眼狠狠瞪向對方。或許是有點被托爾威的氣勢壓倒吧，波爾蜜紐耶海尉撇著嘴轉過身。

「哼！聲勢倒是不錯嘛！我就等著看看這種幹勁到底能撐多久——喂！你們幾個，遊戲結束了，回去工作！」

「「「「「「是！尤爾古斯老大！」」」」」」

收到命令的船上人員立刻散開，被拋棄在甲板角落的馬修憑著一股怒氣，用力踏響地板。

在那之後，假借訓練名義的虐待依然持續發生。馬修等人動不動就會被叫到甲板上，不是要他們進行沒有意義的危險作業，就是要他們不斷擦拭甲板直到差點累癱。利用艦長把實質權限委交給她的狀況，波爾蜜紐耶海尉專橫跋扈到了極點。

當然，遭到迫害的這一方的挫折不滿感不斷累積……在離港後第四天晚上終於出事。一如過去幾天那樣，兩人在海尉的命令下花了兩小時修補已經破破爛爛的老舊船帆，最後才飢腸轆轆地前往船內的軍官用餐廳。這時卻發生讓忍耐突破極限的狀況。

「有夠慢，這就是你們兩個的晚餐。」

「……啥？」

馬修和托爾威愣愣地看著放在桌上的「那東西」。只見在兩個盤子上，裝著已經變成淡紅色，看起來似乎是魚片的物體。而且只有這樣，別無其他。別說是湯和肉乾，甚至連麵包都沒。托爾威把臉靠像盤子，皺起眉頭。

「這個好像沒有調理過……是生的嗎？」

「沒錯，新鮮蔬菜在海上是貴重物品，為防止壞血病所以要吃生魚。你們該不會不懂吧？」

把手肘撐在桌上托著臉頰的海尉不懷好意地笑著。這態度激起了馬修的怒意，他狠狠咬牙。

「……這事之前有聽說過。雖然現在離港後才過四天，我並不認為物資會缺乏到這種地步，但這點也可以不計較。我想問的重點，是沒有其他東西嗎？」

「看起來像是有嗎？正如眼前所見，那就是全部了。」

「這樣怎麼可能會夠！而且基本上，你們不是有麵包也有蔬菜嗎！不要再耍人了，快點給我們一樣的食物！」

怒氣沖沖的馬修用雙手拍擊桌子。波爾蜜紐耶海尉也不示弱地拿起彎刀刀柄前端重重往桌上一扣。

「不要太得意忘形，這個沒有用的累贅！光是有給你們食物就該心懷感謝！」

「妳說這種快要壞掉的魚片是食物？為了避免吃壞肚子，不吃還比較好！」

「閉嘴！有種抱怨就別吃！」

「……是這樣嗎！不需要妳說，我也會這樣做！」

馬修不屑地丟下這句後，就轉身踹開大門走出餐廳。托爾威也毫不猶豫地跟著離開，在兩人原本該使用的桌上，只留下沒被碰過的盤子。

「——可惡！」

正在氣頭上的馬修衝上甲板，在怒氣尚未平息的狀況下狠狠跺腳，接著甚至踢向主桅的底部。

跟上來的托爾威以平穩的語調安撫他。

「小馬，船本身並沒有罪。」

「是啦，是那樣沒錯啦！但是我們也沒有犯下必須被罰吃那種快要臭掉的生魚的罪啊！」

他大叫時，正好肚子也傳出響亮的咕嚕聲。這下馬修的氣勢整個散了，他有點自暴自棄地原地躺下。在逐漸被藍黑色夜晚籠罩的大海中，托爾威並沒有說任何話，只是在友人身邊坐下。

「……我說那個女人，為什麼會那麼仇視我們？」

「嗯～看來和陸軍成員搭乘同一條船的狀況本身似乎就已經讓她感到不快……」

「如果只是因為這點理由，會如此糾纏地一直虐待我們嗎？就算只根據船上作業的情形來判斷，也可以知道那些傢伙實際上應該沒有那麼閒吧？或是船員的不滿已經累積到必須把這種霸凌行徑當成娛樂……如果真是這樣，這艘船打從一開始就真的很不妙吧。」

馬修雖然嘴上這樣說，但他也很清楚這種擔憂不是正確答案。雖然他並不願意承認，但「暴龍號」的船員們在波爾蜜紐耶海尉手下表現得很團結。是一個和那種必須把外人當成犧牲品來試著排解壓力的不安定狀態根本無緣的集團。

「那，真的只是因為那女人是個虐待狂嗎……？萬一真是那樣可就沒轍了，混帳！」

馬修的拳頭無力地打向甲板。托爾威不知道該對垂頭喪氣的友人說什麼才好，煩惱一陣仍找不出結果後，他決定改變話題看看能不能多少提振一點精神。

「我說，小馬。可以問一個問題嗎？」

「？什麼？」

「雖然很丟臉，但是我對帆船的構造是一竅不通。所以，或許這也是很蠢的問題……不過，這艘船現在受到的風，應該是和行進方向呈現垂直的橫向風吧？為什麼這樣還能往前進呢？」

托爾威望著扶手前方的陰暗海面，同時不解地歪了歪頭。過了一會，依然躺在甲板上的馬修才開口說道：

「……嗯，這是在講解帆船性能時很重要的部分。如果只粗略回答原理，那就是船底突出的龍骨會在水中產生阻抗避免船隻往左右移動，然後再從船帆受到的橫風力量中只抽出往前方的推進力……大概是這樣吧。」

「唔～這有點難。如果是受到順風推進感覺上倒還可以理解……」

「嗯，的確很難理解。雖然應該也不是因為這樣，但以前的帆船真的只能靠順風前進。也曾經有過必須等到風向賞臉才能夠開始航海，這種不便狀態是理所當然的時代。正因為如此，能靠著調節船帆方向來讓船隻逆風前進之航行技術的發明，為當時的航海者們帶來了革命——」

「哦～身為陸上的傢伙卻學了不少知識嘛，佩服佩服。」

這時，突然有個嘶啞的聲音插嘴。馬修嚇了一跳撐起身子，只見不知何時有個一手拿著拐杖，長著長長雪白鬍鬚的老人站在他們面前。

「不過啊，到頭來除非有試著親自接觸，否則對船這種東西還是會什麼都不懂……雖然講得一副很了不起的樣子，但這道理或許在任何一個分野都一樣吧。」

「……老爺爺，你是誰？」

「嗯？我？我姑且算是這艘船的艦長。」

即使聽到對方這樣說，但馬修和托爾威卻無法直接相信這句話……對方身上穿著把褲管捲到膝蓋的皺巴巴褲子，雖說仔細觀察還能看出這是海軍服，然而瘦削的上半身卻只穿著髒兮兮的無袖襯衫，完全找不到階級章之類的配件。

若是這種規模的軍艦，艦長應該是相當於陸軍校級軍官的高階軍人，然而卻很難從眼前的寒酸老人身上看出那種水準的威嚴。話雖如此，也很難想像對方在這個狀況下還對他們兩人說謊，因此馬修和推爾威半信半疑地站起來敬禮。

「真……真是冒犯了，艦長大人。在下是陸軍少尉，馬修·泰德基利奇。」

「同樣隸屬於陸軍的中尉，托爾威·雷米翁。那個……很抱歉，請問艦長大人您尊姓大名……」

「我是拉吉耶希·庫奇海校。但，平常叫艦長就好。波爾蜜那傢伙也讓其他人稱呼自己為尤爾古斯老大吧？對於這方面，這艘船上並不是那麼計較。」

「很不好意思到今天才向您致意。尤爾古斯海尉什麼都沒說，而且至今都沒見到您，因此我們以為您會在下個港口才登船……」

看到兩人惶恐地低下頭，庫奇海校笑著搖了搖頭。

「不必在意。我想你們看了就知道，我已經是半隱居的狀態。即使基本上還保有艦長的立場，但指揮船員的實質權限已經讓給了波爾蜜。現在的我跟擺設沒有什麼兩樣。」

「關於這點，我們也已經在這幾天內實際體認到……但和艦長大人您相比，尤爾古斯海尉看起來非常年輕。無論有什麼理由，現在就交接任務是否還太早了呢？」

「年齡不是問題。海軍講求實力主義，只會要求能對應立場的能力。」

「……那傢伙有那麼優秀嗎？我實在無法相信。明明她光是因為『看陸上人員不順眼』這點理由，就完全沒打算認真和我們互動合作。」

馬修忍不住直接講出真心話，老人呵呵笑了。

「這個嘛……至少關於操船技術，她擁有出類拔萃的優秀水準。在操縱中型艦時，即使找遍全海軍，恐怕比那傢伙優秀的人也不超過五個。」

聽到討厭的傢伙獲得如此高的評價，微胖的少年露出不爽的表情。對這反應似乎樂在其中的庫奇海校繼續說道：

「然而，講到除此之外的部分是否已經達到及格點，老實說還有疑問。例如和你們的相處方式，也呈現出在那方面的不安要素。」

「……關於這點我很想請教，為什麼她會把我們視為眼中釘呢？就算有外人登上自己船艦的確會讓人感到不快，但我並不認為是只因為這樣。」

「……嗯，雷米翁家的老么，你看起來是個天生的優等生。發言舉止中處處都透露出善良，善哉善哉。」

「呃……？」

「然而，以這種健全的思考反而很難體諒波爾蜜的心境吧——所以這時得由你上場了，泰德基利奇家的小子。」

「由我上場？……這是怎麼一回事呢？」

「只要在想像中換個立場就行。好了，從現在起你就是波爾蜜，身為歷經卡托瓦納海軍訓練的新銳海軍軍官，也是『忠義御三家』之一的尤爾古斯家成員，一個擁有血統書的女孩。對立場和家世具備強烈的自覺，再加上年輕，自尊高得沒有上限——然而，這樣的你也有一個弱點，那就是還未經歷過實戰。」

老人流暢地解釋著，讓馬修自然而然地聽得出神。

「因為從來沒上過戰場，當然也尚未立下戰功。那麼就算實力再堅強，也不會被稱為英雄。這是理所當然的道理，不過呢——正當你對這種情況感到焦慮時，卻發生了一點小事。在沒有心理準備的情況下，那些比自己年輕卻擁有帝國騎士之稱號，被讚頌為真正英雄的一行人出現在眼前。好啦，在這種時候，你會有什麼感覺？」

聽到這邊的瞬間，少年以猛然領悟的態度望向庫奇海校。

「……嫉妒、焦躁、對抗心……是這些嗎？那傢伙的敵意就是來自這些嗎？」

「看來你很自然地想像到了。嗯，就是這麼一回事。波爾蜜那傢伙嫉妒你們，才因此感到厭惡，甚至到了根本不想去思考如何協力的地步。」

海校邊嘆氣邊說，馬修舉起右手搔了搔腦袋。

「嫉妒……？那個尤爾古斯家的成員嫉妒我……？這種事情怎麼可能……」

「你發現自己已經換到受人羨慕的那一邊了嗎？不過，這也沒什麼好難為情。因為直到剛才為止都無法察覺這事實的狀況，也是你的視線依然看向高處的證據——看來你不只對現狀完全無法滿足，而且目標還放在高得嚇人的地方吧？」

被對方說中的馬修無言以對，老人似乎很愉快地從喉嚨發出咯咯笑聲。

「總之，就是這樣。不過話說回來，你們要怎麼辦？如果因為剛才那些話而對波爾蜜徹底失望，我也可以用自己的權限把你們送回旗艦。在那邊應該能夠以貴客的身分享受舒服的待遇吧。」

聽到對方提出自己求之不得的逃跑機會，托爾威反射性地看向友人。然而，微胖的少年卻皺起眉頭陷入思考，沒多久之後就搖了搖頭。

「……雖然這提議很讓人感謝，但我還是要婉拒。那樣一來跟夾著尾巴逃走根本沒兩樣。」

「小馬……」

「你回旗艦去吧，托爾威。你沒有必要配合我的固執。」

對於這份體貼，托爾威立刻搖頭拒絕。這不出所料的回應讓馬修也露出苦笑。因為如果立場相反，他也會同樣配合對方。

「是嗎，不逃嗎？看來你們還挺有骨氣嘛。」

「只是因為單方面挨打讓人很不爽而已，我這人的個性可沒那麼善良。」

馬修露出豁出去的笑容。托爾威一方面為友人恢復精神而鬆了口氣，同時舉手抵著下巴開始思考。

「……可是，具體上該怎麼做？想讓那個尤爾古斯海尉對我們刮目相看，我想似乎不是容易的事情……」

「老實說，我也還沒想到能達成的手段——不過，也不是全都沒有盼頭。因為至少從明天起，這艘船的空氣就會大大轉變。」

馬修帶著確信這樣說道。看到青年因為不明白他有什麼根據而表現出困惑反應，馬修不懷好意地拉起嘴角。

「你沒有計算出航之後的天數嗎？航程似乎有按照預定執行，所以這艘船明天應該會抵達最後補給點的港口。」

「……啊！」

「就是那麼一回事。持久戰會在今天結束，準備和援軍會合並轉為反擊吧，托爾威。」

過了一夜，隔天早上。包括「暴龍號」在內的卡托瓦納海軍第一艦隊按照馬修的預想，進入位於帝國領土東南方的塔庫港開始補給。在港內待機的十二艘軍艦也會在此和艦隊會合。從這港口出發後，齊歐卡的領海已經近在眼前。

「好啦！不要偷懶發呆了！快點把這艘船餵飽！」

站在甲板上的波爾蜜紐耶海尉指揮著搬運物資的水兵。當然馬修等人也在其中，正沒完沒了地搬運沉重的木箱和木桶。明明從早上十點就開始作業，但即使過了正午，也完全沒有要結束的跡象。

「……也太慢！那傢伙在幹嘛……！」

全身被汗水浸濕的馬修一邊搬著木桶，同時不斷重複跟詛咒沒兩樣的抱怨。這也難怪。雖然船隻的確到港，但他等待的關鍵人物卻遲遲沒有出現。而且因為有搬運物資這個名目可利用，海尉的蠻橫更是愈來愈升溫。

「喂！胖子跟竹竿！你們兩個的動作怎麼那麼遲鈍！那樣的話就算搬到晚上也搬不完！」

「……嗚！既然如此那妳也下來幫忙啊！居然可以只在那邊大模大樣的挺著胸膛不斷罵人，海軍軍官還真是相當輕鬆的工作啊！」

「嗯～？豬在叫個什麼？我完全聽不到！」

「混帳……！」

邊忍耐痛罵邊繼續搬運物資的狀況又進行了三小時半，時間已經快要來到傍晚。雖然物資幾乎都已上船，但他們等到心焦的援軍卻尚未到達。

「唔……！」

馬修和托爾威合力把感覺特別沉重的最後一個木桶搬上甲板。總算完成嚴苛勞動的兩人正靠著扶手調整紊亂呼吸，海尉的嘴裡卻發出無情的命令。

「好！補給已經結束了吧！那麼你們幾個，把舷梯拉上來！」

「……嗚！等……等一下——」「「「「「是！尤爾古斯老大！」」」」」

士兵們受到指示後，淡淡地把連結船隻和港口的唯一通路收了起來。由於動作太快，根本來不及阻止。馬修和托爾威茫然呆站著。

「看來是久候的人沒來？真遺憾啊～」

看出他們的希望已經被斬斷，波爾蜜紐耶海尉抿著嘴笑了。兩人因為過於震驚而講不出話。

「怎麼會……騙人的吧……居然沒來……」

微胖少年甚至已經無力站著，彎下一邊膝蓋跪到甲板上。然而，在他們的精神即將徹底受挫之前，兩人背後剛剛才搬上甲板的那個木桶開始喀喀搖晃。

「——不，已經來了。」

「……！」

「所謂壓軸總是會晚一點才出現。現身～！有誰召喚了我嗎！噹噹噹噹噹！」

伴隨著熟悉的聲音，木桶的上蓋彈飛了起來。馬修和托爾威嚇了一跳轉向背後，只見下半身還整個套在木桶裡的懷念黑髮少年正出現在眼前。

「阿……阿伊！」「伊庫塔！」

兩人原本消沉的表情逐漸恢復光彩。因為突襲成功而心滿意足的伊庫塔也從木桶裡拔出腳，踩到甲板上並得意地挺起胸膛。

「吾友馬修還有小白臉，好久不見啦。看到你們這麼歡迎我實在令人高興，忍著霉味躲在桶子裡的行為算是有得到回報。」

「我……我還覺得這桶子怎麼特別重，原來是你這混帳……！一開始就該正常地出現！」

「我們等你好久了，阿伊……！太好了，剛剛我還真的以為無法和你會合……！」

連聲音都透露出安心。看到他們這種態度，伊庫塔也立刻察覺自己在到達前出過什麼事。

「才好一陣子不見，你們兩個都憔悴不少嘛。什麼？原來海軍供的餐很少？」

「不不，已經顧不到那邊──嗚哇！」

三人正在對話，一把彎刀突然從旁邊插了進來。一臉不高興的波爾蜜紐耶海尉毫不客氣地打量著這個才剛闖上船的陸上傢伙的全身上下。

「你這傢伙就是第三人嗎？明明已經遲到還敢這麼大搖大擺，這是怎樣？」

她發出帶有怒氣的聲音。根據馬修和托爾威逐漸罩上陰影的表情，伊庫塔大略推論出這艘船上發生過什麼事。

「──這真是不好意思，我是陸軍中尉，伊庫塔．索羅克。請親密地叫我阿伊就好。」

「誰會那樣叫你，白痴！你這種人叫桶男就夠了！」

「那麼請親密地叫我桶男。呵呵呵，這麼快就幫我取了暱稱，這樣應該可以判斷為有機會吧，馬修！」

即使表現出高壓言行，伊庫塔依然保持這種吊兒郎當的調調。這是海尉第一次碰到這樣的對手。不知該如何對應的她只能一語不發，換成伊庫塔主動提問。

「那麼這位姊姊，可以告訴我妳的名字嗎？」

「……我是一等海尉波爾蜜紐耶．尤爾古斯，是負責掌管這艘船的人。我話說在最前面，叫我的時候必須稱呼為尤爾古斯大小姐，或是尤爾古斯老大。」

「好的，我明白了！——那，我問一下，小波兒妳幾歲啊？」

這瞬間，伊庫塔以外的所有人都僵住了。波爾蜜紐耶海尉的表情一口氣緗緊。

「……喂，等等。你剛才說了什麼？你剛剛叫我什麼？」

「嗯～我想應該是剛好二十歲吧……如何，猜中了吧？」

「給我聽人說話！你剛剛到底叫我什麼？你說啊！」

激動的海尉用彎刀的刀刃抵住對方的胸口。伊庫塔隨便看了一下在傍晚陽光下反射出刺眼光芒的寬幅刀身，接著不解地歪了歪頭。

「把武器拿來當玩具很危險喔，小波兒。可能會不小心切到手指，妳看妳看，就像這樣。」

少年說完，揮起缺了小指的左手。波爾蜜紐耶海尉雖然因為這光景而嚇了一跳，但是在部下面前，還是拚命裝成若無其事的樣子凶狠吼道：

「你……你覺得這個看起來像玩具嗎！還有小波兒是什麼！要是敢瞧不起我，我可會真的把你剖成兩半！」

「哼哼哼，就算妳嚇唬我也沒用沒用。來吧來吧。」

「咦……！」

伊庫塔毫不介意抵在自己胸前的刀尖，反而靠近波爾蜜紐耶海尉。當刀刃前端即將刺入肉裡時，她慌慌張張地拉回彎刀。

「哇……哇哇……！」

「啊哈哈，妳的刀尖根本沒有殺氣喔，小波兒。而且妳啊，沒有真的砍過人吧？如果是有經驗的傢伙，這裡該在對方不會死掉的程度內動手稍微刺下去。不過妳卻辦不到。因為頭一個問題，就是妳並不明白到底要刺多深才會讓人死掉。」

伊庫塔用手掌輕鬆地推開刀身，逐漸接近對手。產生危機感的海尉雖然往後退開，但已經太遲了。下一瞬間，伊庫塔已經鑽到她身前，雙手甚至還繞到了她背後去。

「不管怎麼樣，為了紀念我們相遇，來個擁抱吧。我抱──」

「咦？哇啊啊啊啊啊啊啊啊啊！」

出生至今頭一次被男人抱住的衝擊讓尤爾古斯的後裔發出慘叫。在許多船員的旁觀下，她呈現半錯亂狀態，用手中的彎刀刀柄前端用力敲打這個無禮者的背部。

「好痛啊啊啊啊，怎麼這麼純真。不過謝謝妳，我好久沒這麼過癮了。」

隔著無袖背心充分享受柔軟觸感後，伊庫塔以徹底滿足的態度放開海尉。面對喘著氣惡狠狠瞪著自己的對方，少年先頓了一下，才舉起右手上捏著的某物體。

「話說回來，小波兒。我剛剛很巧地撿到了這種東西……」

乍看之下，那是有相連的兩塊半球狀部分，類似條狀物的布製品。慢了一拍才察覺那東西是什麼的波爾蜜紐耶海尉雖然覺得沒有可能，但還是把手伸向自己胸前——接著發現無法摸到原本該有的感覺，讓她的臉色一口氣發青。

「你……你什麼時候……！」

「唔～這是誰的東西呢？線索只有這東西的主人擁有七十八公分的胸圍。」

「不要說出數字！快……快點還來！」

她以充滿殺氣的表情想拿回內衣，但伊庫塔卻哼著歌閃過海尉的手，接著轉過身跑了出去。波爾蜜紐耶海尉很不幸，明明才剛和伊庫塔見面，就得深刻體認到這個人在認真逃走時有多恐怖。

「當鬼的人來這邊～往有拍手聲的這邊來喔～♪」

「給我站住～～！」

才看到他沿著甲板從船頭一口氣衝到船尾，接著伊庫塔就把手伸向後桅的繩梯，以簡直不像人反而可以和蟑螂媲美的速度爬了上去。他的攀登能力已經靠著平日的爬樹行為獲得徹底鍛鍊，就連波爾蜜紐耶海尉也無法與之相比。

「喂喂～！港口中有沒有哪一位掉了這件胸罩啊～！」

「哇～！快住手！快住手啊啊啊啊啊！」

在船桅頂端被高高舉起的內衣受到海風吹拂而不斷晃動。面對這讓人實在無法正視的光景，甲板上除了有啞然呆站的船上人員，還有雙手抱著肚子的馬修和托爾威也一起抬眼看著。

「呼哈哈哈哈……！你……你看，托爾威！之前一切都一口氣還回去了！」

「啊哈哈哈哈哈……！不……不愧是阿伊，即使會推翻預測，也不會背叛我們的期待！」

在海拔十五公尺的高度展開了一場爭奪內衣的格鬥。這種近年來難得一見的低水準爭執，讓兩人忘記這幾天以來被迫嘗到的辛酸，笑到幾乎無法呼吸。

這成了轉機。援軍到達，持久戰結束——反擊開始。

＊

伊庫塔這個新要素的加入，為「暴龍號」的環境帶來遠超過馬修預想的劇烈變化。現在，他已經把波爾蜜紐耶海尉視為目標，完全盯上她了。

「——哼！連纜繩都無法綁好嗎！所以說陸上的傢伙真的沒用！」

離開港口後的隔天中午。海尉照慣例把馬修等人叫上甲板後，再度開始假借訓練之名的虐待。這次她的要求是要眾人練習結繩術，面對和陸上綁法情況不同的多種繩結，就算是手特別巧的托爾威也被迫陷入苦戰。

「我們沒學過當然不可能會吧！要是突然叫妳清理風槍，妳有辦法做到嗎！」

「囉唆，胖子！不准違抗我！你只要閉上嘴，按照指示動手就對了！」

無法忍耐這些惡言的馬修狠狠地咬牙。這時，他注意到在自己視線範圍的角落。可以看到挺著胸一副了不起樣的海尉背後出現了一個搖搖晃晃起身的人影。

「……沒錯，繩索的使用法深奧得無窮無盡。一直麻煩妳單方面教導我們未免讓人過意不去，所以我也來指導一招吧──看招！」

「──嗚啊！」

複雜交錯的繩索從後方纏上獵物的身體。接著少年以幾乎會產生殘影的迅速動作來調整好各處的繩結後，最後的收尾則是把手中的繩索用力一扯。

「「「「「「哦哦！」」」」」」

眼前發生的奇蹟，讓旁觀的人們紛紛瞪大眼睛。讓人難以置信的是，纏住海尉身體的繩索居然呈現出分別圍住胸前兩處山峰的狀態，並構成了左右對稱的六角形。

「龜甲綁法……這正是結繩術的藝術。由束縛和勒緊來醞釀出的極致女性美！」

「呀啊啊啊啊啊啊啊啊啊啊啊！」

由於被繩子勒住，胸前雙峰變得更為明顯，感到非常丟臉的波爾蜜紐耶海尉彎腰蹲下。然而，即使她想至少要遮住胸前，雙手卻無法動彈，因為連手臂也一起被繩索綁住了。結果，就成了個從某角度看起來反而會比站立時更加煽情的姿勢。

「快……快解開！我叫你快點解開！」

「哎呀不要那麼說嘛，小波兒，這樣很適合妳喔。」

「開什麼玩笑！……你……你們幾個發什麼呆！快點想辦法弄開這個！」

無法行動的海尉尋求部下的幫助。水兵們慌慌張張地衝了過來，卻在她身邊猶豫起來。因為沒有人知道該怎麼做才能解開繩索。

「老大，我們連看都沒看過這種綁法……」

「那就切斷不就得了！你們腰上掛著的東西是裝飾品嗎！」

既然她這樣說也沒辦法。部下們雖然有點躊躇，但還是拔出腰間的彎刀，把綁住長官的繩索一根根切斷。好不容易靠這樣讓雙手恢復自由後，海尉以燃燒著熊熊怒火的雙眼瞪著身為犯人的少年。

「你這混帳，居然敢再度做出這種瞧不起我的行徑……！可別以為這次能平安無事！」

海尉對部下們送出暗示眾人一起上前圍毆的視線。然而，注意到這動作的馬修和托爾威毫不遲疑地搶先行動。他們帶著八名部下，一起擋在伊庫塔前方。

「……喂喂，雖然我想應該不可能，但妳該不會想帶著這麼多人圍毆他吧？」

「給我讓開！你們幾個也想一起挨打嗎！」

「如果妳真的想打，我們可以奉陪。不過啊，妳也冷靜下來看看現在的自己吧。我們這邊的伊庫塔戲弄的對象只有妳一個，丟臉的人也只有妳一個。換句話說，這是妳和伊庫塔兩個人之間的問題吧？和其他船員一點關係都沒。」

「…………嗚！」

「我有聽說過『個人受到的恥辱要以自己的力量來洗刷』是海上戰士的氣概。難道這艘船的領導者是一個不借用部下的力量就無法收拾自己殘局的沒出息傢伙嗎？」

美學被拿來當成擋箭牌，海尉也只能憤憤咬牙。如果就這樣動手圍毆伊庫塔，等於是把自己貶低成如馬修所言的蠢貨。這正是可能會對部下的信賴心造成不良影響的愚蠢行為。

「如果真的要打，妳就一個人動手啊。先靠自己把伊庫塔逮住後，想打想踹都隨妳高興。只要妳能遵守這規則，我們也不會出面阻攔。」

馬修帶著無畏的笑容這樣說道。遭到至今為止都瞧不起的對象反抗，這屈辱讓波爾蜜紐耶海尉的臉漲得通紅。伊庫塔臉上掛著吊兒郎當的笑容，對著這樣的她揮了揮手。

「聊完了嗎？好啦，來吧，小波兒，試著抓住我吧！」

這句挑釁成了最後一擊，讓波爾蜜紐耶海尉腦中似乎有什麼東西斷了。她抖著手拔出腰間的彎刀，朝著黑髮少年全速衝去。

「很好！看我宰了你啊啊啊啊啊啊！」

這之後的展開，只是昨天的翻版。就連在船隻這種封閉性的空間中，要逮住全力逃跑的伊庫塔仍舊是難如登天。他們沿著甲板順時針跑了十三圈，逆時針跑了八圈，還在前桅、主桅、後桅各上下四次。在船上四處追逐這麼久之後，耗盡體力的波爾蜜紐耶海尉終於屈膝跪下。

「……你……你這傢伙是怪物嗎……」

她邊喘氣邊抬頭望向船桅，在那裡可以看到少年正充滿餘裕地揮手……在挑釁下不斷怒吼；追著前方的背影而不得不做出一些不必要動作；還有伊庫塔自始至終都冷靜地去配合船隻的構造，刻意採取高效率的移動——這幾點合計起來造成在體力消耗上的差異，最後出現的結果就是這樣。

「今天是我贏了。明天再玩吧，小波兒。」

伊庫塔先沿著繩梯往下爬到適當的高度，才一口氣跳到甲板上。接著他直接從那些目瞪口呆的船員們中間穿過，在眾人注視下從容地走進船艙內。

或許是害怕在身體還感到疲勞時動手會導致狀況又演變成相同的發展吧？隔天波爾蜜紐耶海尉收斂了平常的虐待行動，和部下們一起專心進行船上作業……然而，當她前往前桅最下面的帆桁縮帆（註：收起一部分船帆以減少受風面積）時，想避開的對象卻從船帆對面突然探出頭來。

「呼呼呼，小波兒。」「嗚哇啊啊啊！」

由於過於驚嚇，她放開抓住帆桁的手，兩腳也從踏腳索上滑落。糟了，會掉下去——這樣想的海尉用力閉緊雙眼，然而在這瞬間，卻有組合成複雜模樣的繩索化為緩衝墊確實地接住了她被拋向半空中的全身。

「……咦……？」

「好！我逮到一隻小波兒了！」

面對垂掛在帆桁下方，活像是中了陷阱的動物的海尉，伊庫塔高舉起雙手發出喝采。她本人晚了一拍後也理解到狀況，但由於全身都被繩索綁住，根本無法行動。

「放……放開我！快點放開我！」

「好啦好啦，不必那麼慌張。呃……這裡要這樣，還有這邊是要這樣……」

伊庫塔以笑容隨便應付掉海尉的慘叫，開始調整纏住她身體的繩索位置。當注意到騷動的船員們聚集過來想弄清楚是發生了什麼事情時，伊庫塔的作品也剛好完成。

「好，結束了……懸空緊縛．菱繩綁法！雖然是省略跨下部分繩索的簡易版，不過……嗯！不愧是我，做得真好！」

伊庫塔雙手抱胸，露出放鬆的微笑表情。至於手腳被綁在背後，而且還以正面朝下的姿勢被懸掛在半空中的海尉，唯一能使用的抵抗手段只剩下破口大罵。

「可惡！可惡！你居然毫無反省，膽敢做出和昨天一樣的行為……！」

「……咦？一樣？妳說一樣？不對！絕對不一樣！妳仔細看看，今天是網羅全身的菱繩綁法！至於昨天是針對胸部的龜甲綁法！規模和藝術性不都完全不一樣嗎！」

「誰理你這種病態的堅持！喂！你們幾個，不要光看，想點辦法！快點幫我把這些繩索解開！」

聽到命令的船員們趕緊想要跑向海尉，然而伊庫塔卻堅決地阻止他們。

「等一下！現在動手還太早！因為你們還沒有欣賞到這個緊縛秀的最高潮！」

靠著帶有異樣熱意的眼神逼退船員們後，伊庫塔再度轉向懸空的獵物，並拔出插在自己腰間皮帶上的細長木棒。

「各位仔細欣賞——嘿！我戳！」

「……呀啊！嗯！嗯啊！呀啊啊！」

被戳中側腹的波爾蜜紐耶海尉發出尖銳的叫聲。由於這叫聲和她平常給人的印象實在差別太大，讓船員們不由得聽到出神。

「對！就是這個！無論任何事物，都很難取代對這種狀態的女性做出戳戳行動時能享受到的愉悅！我戳我戳！」

「啊！呀！住手！快住手！拜託你快住手～！」

接下來，少年花了約三分鐘對獵物這裡戳戳那裡戳戳後，才「呼～」地吐出滿足的嘆息。

「……嗯，過癮了。我就到此為止吧——那麼，我說你。」

伊庫塔轉過身子，把自己剛剛才使用過的木棒交給呆站在旁邊的船員之一。接著少年露出最棒的笑容，對那個盯著拿到手的木棒，整個人傻掉的船員說道：

「拿出勇氣試試看吧。別擔心，一定會出現新的世界。」

「……呃……咦？」

沒讓對方有時間思考，伊庫塔繞到船員的背後用力推著他前進。接著在波爾蜜紐耶海尉開口前抓起船員的右手腕，直接往前一戳。

「呀啊啊！」

「…………嗚！」

波爾蜜紐耶海尉口中發出來的叫聲化為甜蜜的麻痺感竄過船員的腦髓。覺得時機已到的伊庫塔放開協助船員的手，這次不再需要有人從背後推一把，而是船員自己舉起顫抖的手，把木棒往前戳。

「嗚！嗯啊！——嗚……漢吉！你這混帳！到底是什麼意……啊嗚！」

「……啊！我……我到底做了什麼！」

恢復神智的漢吉放開木棒。之後其他的船員也總算清醒，開始動手救出依然被掛在半空中的長官。

等繩索被切斷恢復自由之身後，波爾蜜紐耶海尉總之先瞄準身旁的漢吉，狠狠賞了他鼻梁一拳，才移動含著淚水的雙眼在船上四處搜尋。然而，無論是船上的哪個角落，都已經找不到伊庫塔的身影。

同樣的騷動和騷動後的追捕行動一起組合成的戲碼之後又上演了四次。然而第五次時並沒有發生追捕行動，而下一次的第六次時，波爾蜜紐耶海尉的精神終於崩壞了。

「老大！請您出來吧！求求您，尤爾古斯老大！」

船員們來到長官躲藏的房間前敲打房門，悲痛的喊叫聲響遍整艘船。

在別的房間內，托爾威和同伴們一起聽著這些叫喊，同時以僵硬的表情看向犯人。

「……我真的再次深深體會到阿伊的恐怖……」

「……啥？喂喂，你說那什麼話，小白臉。好戲接下來才要開始，我連自己學會的捆綁技巧的十分之一都還沒施展出來耶！」

講到伊庫塔，他正一派悠哉地躺在房間裡的其中一張吊床上，雙手上拿著繩索燃燒著創作意欲。

另一方面，背靠窗邊牆壁坐著的馬修則嘆著氣搖了搖頭。

「不，你停手吧……的確這樣讓我們出了氣，但總覺得哪裡不對……或者該說，你的做法從根本上就把手段和目的搞錯了吧……」

微胖的少年閉上眼睛煩惱著——自己這些人的目的，絕對不是想用連續好幾天的變態攻擊把波爾蜜紐耶海尉逼瘋。反而最後必須想辦法把事態導往和解的方向，讓雙方能承認彼此都是在同一艘船上並肩作戰的同袍。

「唔……為了達到目的，到底該怎麼做……」

馬修的思緒陷入迷宮，對面的托爾威則擔心地望著他——這時，托爾威注意到有個奇妙的影子從友人頭上的窗戶外一閃而過。

「……剛剛那是……」

「？怎麼了，托爾威？」

看到青年突然起身衝向窗邊，微胖的少年愣了一下。然而，在托爾威開口說話之前，房門外的走廊上已經響起通知發生異變的聲音。

「右舷前方發現所屬不明的艦影！所有船員進入二級警戒態勢！」

房間中的懶散氣氛整個轉變。首先是伊庫塔一溜身滑下吊床，衝向放在牆邊的十字弓。接著馬修和托爾威也效法他背起風槍。

「——老大！您聽到了嗎！是二級……嗚哇！」

傳來船員的慘叫，接著是有東西碰撞地板的聲音。大概是船員被突然打開的房門給撞飛了吧。聽到之後還響起有哪個人衝過走廊離去的腳步聲，馬修輕輕地哼了一聲。

「不明船艦的狀況如何？」

衝出之前躲在裡面閉門不出的軍官房間後，波爾蜜紐耶海尉直衝上甲板，向在船桅監視台上的部下發問。依舊看著望遠鏡的船員開口回答：

「方向是西北西，和我方的距離約三海浬。由於海上有濃霧，因此進一步的情報還不明！」

「首先要確認對方是否為軍艦，其次是要確認是否為單艦——傳令兵，和旗艦的聯絡呢？」

「剛才已經送出光信號！現在正在等待回應！」

指示和回答接連不斷地響起。船上籠罩著和至今截然不同的緊繃空氣，這時馬修等三人也從船內把部下帶上甲板。

「喂！現在是什麼狀況？我們武裝好在甲板中央待機就可以了嗎？」

「囉唆！沒人要找你們！給我老實待在船艙內！」

回應極為冷淡。馬修狠狠咋舌，原本他還期待一旦船隻置身於緊迫狀態，就能順其自然地彼此合作，但看來事情沒那麼簡單。

「馬修、托爾威，讓部下們裝填子彈。當然，也別漏了你們自己的風槍。還有得趁現在先去確認甲板上的掩蔽物，做好隨時都能夠開始射擊戰的準備。」

伊庫塔壓低音調做出指示後，同伴們也立刻回應並開始動作。比起其他船員，他們的心已經早一步進入戰場。

＊

「好啦，這下該怎麼對應呢？」

另一方面，同一時期。在位處艦隊中央的旗艦「黃龍號」甲板上，總司令官耶里涅芬・尤爾古斯上將收到發現不明船艦的報告後，似乎很煩惱地雙手環胸。

「發生遭遇事件的時機比預料中還快呢。這裡還是帝國的領海，如果不明船艦是齊歐卡的軍艦，還真是相當大膽地闖了過來。」

副官鄧米耶・剛隆海校提出冷靜的分析，化著濃妝的司令官哼了一聲。

「……算了，不管怎樣，都要看對方的數量。如果是單一艦艇或是二至三艘，那麼目的應該就是偵查。這種狀況下要立刻追擊和緝拿，只挑出好男人作為俘虜，剩下的就丟進海裡……」

「上將，我現在是真心在煩惱。一想到我只要把眼前這個不懂得自重的人妖丟進海裡，不但能夠防止重大違反戰時條約的行為，而且還能拯救許多俘虜的性命，我就……」

「快把你那手指動個不停的雙手放下，鄧米耶！剛剛那些話當然只是在開玩笑！」

當兩人正以平常的風格進行亂七八糟的互動時，從忙碌往來的船員間找縫鑽過的雅特麗和哈洛以及夏米優殿下朝著這邊跑了過來。來到他們前方後，炎髮少女停下腳步舉手敬禮。

「很抱歉打擾兩位的談話，尤爾古斯上將——聽說『暴龍號』發現了不明船艦？」

「哎呀，妳們的消息真靈通。不過也對，畢竟妳們的夥伴也在那艘船上。」

「可以請教您打算如何對應嗎？」

「這是把『不明艦艇是齊歐卡軍艦』設為前提的疑問吧？嗯，大致上有兩種做法。如果敵人只有少數，應該會在注意到我方後逃走，這時就要命令處於隊形外圍的船艦去追擊並緝拿對方。要是對方也有相當數量，就會當場命令整個艦隊直接展開海戰。不管要怎麼做，現在都只能等待來自波爾蜜那邊的後續報告。」

「那麼『暴龍號』在這兩種情況中的定位是？」

「因為『暴龍號』目前待在最靠近敵人的位置，無論是追擊還是海戰，都得讓這艘船擔起光榮的率先攻擊任務——啊，不過妳們不需要擔心那些男孩。我會在下次的光信號中確實指示，要『暴龍號』在戰鬥開始前就先用小船讓他們回到旗艦避難。」

妳們放心吧……總司令官對眾人露出溫柔的笑容。雖然這是充分為客人考量的體貼表現，但雅特麗卻搖了搖頭拒絕這提議。

「我等想提出的第一個請求，就是希望您不要發出這種信號。」

「好啊好啊，不要客氣什麼都可以提出來——咦？妳剛剛說什麼？」

「就是如您聽到的意思。請不要特地把搭乘『暴龍號』的三人召回，而是讓他們直接參加戰鬥。如果對手是齊歐卡軍艦，我想他們一定能幫上忙。」

雅特麗邊以堅定的語調這樣說明，同時晃著那一頭炎髮往前踏了一步。面對她的驚人氣勢，尤爾古斯上將表現出困惑反應。

「……我……我並沒有認為各位派不上用場。只是妳也懂吧，要是讓身為客人的你們站上前線——」

「萬一身為援軍的我等戰死，海軍的確會臉上無光吧。然而，和您的姪女乃至『暴龍號』全體船員的生命相比，那是重要的事情嗎？」

「什麼——？」

尤爾古斯上將根本沒有想過要基於這種條件來衡量孰輕孰重，因為他並沒有把齊歐卡軍艦視為這種等級的威脅。在他還無法推論出對方真正想法時，原本在一旁觀察事態發展的剛隆海校開口說話。

「……上將。看來對齊歐卡軍艦可能帶來的威脅，她們的評估遠高過我等。因為這是以在北域的實戰經驗——和最新的齊歐卡軍交戰過的體驗作為佐證的觀點，我想應該也值得列入考慮。」

獲得意外人物的支援，讓雅特麗以詫異的眼神看向海校。另一方面，聽到副官如此建議後，尤爾古斯上將也不能全然無視，他不得不雙手抱胸開始思考。

「——上將，『暴龍號』送來後續報告！不明船艦已確認為齊歐卡軍艦，然而只有單艦，似乎沒有僚艦！船型是三桅的中型艦！」

新情報打斷了他的思緒。稍作考慮之後，總司令官提出妥協案。

「……我還是要發出回到旗艦的許可。不過，會加上必須是他們本身想回來才執行這動作的條件。雅特麗希諾中尉，這樣可以嗎？」

「是！這是求之不得的命令，非常感謝您接納在下的意見。」

雅特麗挺直上半身敬禮，並把視線看向在甲板右舷外那片瀰漫著白色霧氣，不斷往外延伸的大海。她一邊品嘗著自己無法參戰的焦躁感，同時堅定不移地確信已經用最正確的形式從背後推了同伴一把。

＊

「——旗艦送來了回應！命令本艦和僚艦『槍魚號』、『石輝號』協力追蹤、組拿敵方船艦！此外，許可伊庫塔．索羅克中尉、托爾威．雷米翁中尉以及馬修．泰德基利奇少尉移動到旗艦！如果本人希望移動，就以小船送回！以上！」

負責傳令的水兵喊聲響遍甲板。直到現在，波爾蜜紐耶海尉才第一次轉身面對背後那些做好武裝已經在待機的陸軍人員。

「……正如剛剛聽到的內容，我現在會叫人放下小船，你們這些傢伙快點開始準備離艦。」

「拒絕。剛剛有說『如果本人希望移動』吧？但我們不想離開。」

馬修代表眾人立刻回答，下一瞬間，拔出彎刀的海尉逼近三人。

「你們也給我識相一點……接下來是真正的戰爭，就算你們留下也只是礙手礙腳，連這點都不懂嗎？別瞧不起大海！」

把刀尖對準一行人的海尉厲聲威脅。但是馬修並沒有感到畏懼，反而撈起對方的領口。

「……瞧不起戰爭的人是妳，尤爾古斯海尉。」

「你……你這傢伙……！」

「妳說接下來是真正的戰爭？這話聽起來真讓人覺得好笑。如果真是那樣，為什麼妳要做出在戰前主動減少戰力的舉動？一旦把我們移到旗艦上，就等於這艘船艦的戰鬥人員會減少這麼多人！妳連這種道理都不懂嗎？」

「才……才不需要借用你們這些傢伙的力量……！」

「所以我說妳太小看戰爭！總之，給我仔細聽好！所謂的戰場就是永遠無法預測會發生什麼事的地方！就連根據數字推論應該能輕鬆獲勝的情況下，也必須為了對應不測的事態而事先盡可能確保戰力！要是指揮官忘記這個原則，妳知道會怎麼樣嗎？不，妳應該不知道吧！所以我告訴妳！就是死者的數量會再往上提昇一個位數！」

從近距離發出的怒吼壓倒了波爾蜜紐耶海尉，讓她一時無言以對。不光是音量，還有在這番發言中紮根的馬修的沉重經驗也是造成這結果的原因吧。

過了幾秒後，回過神的海尉甩開揪住自己領口的手，退後幾步像是想要逃走。

「……我……我不管了！如果你們要無視警告留下來的話就隨你們便！我也沒有空繼續應付你們！」

波爾蜜紐耶海尉拋下這句話，接著跑向艦尾。到達後她先深呼吸好幾次調整心情，才對著等待指示的船員們大聲吼道：

「改為一級警戒態勢！要追趕上風處的敵艦！準備迎風換舷！」

「「「「「是！尤爾古斯老大！」」」」」

「衝吧！你們這些傢伙！如果要比逆風航行的速度，『暴龍號』是歷史上最快的船！齊歐卡的慢吞吞烏龜根本不是對手！要讓他們知道厲害！」

在英勇激勵下團結一心的船員們為了對應接下來的指示，紛紛前往各自該負責的位置待機。海尉口中發出最初的命令。

「右滿舵！」「是！」

掌舵手把手中的船舵往順時針方向轉動到底，幾秒過後，船體開始改變方向。

「主桅、後桅，轉動各帆桁！」「「「「是！」」」」

在中央以及後方這兩根船桅下待機的船員們一起拉動繩索，轉動帆桁。原本的船帆位置是配合從右舷吹來的風，這時卻為了迎接反向的風而逐漸改變。

「就是現在！回舵！」「是！」

從船速下降看出轉向已經到達極限的波爾蜜紐耶海尉命令掌舵手把船舵往反方向切回。於是，還沒有改變位置的前桅船帆就受到來自正面的風，這力量導致船慢慢開始往後方漂移。由於船舵在這段期間也繼續打向左方，因此船身一邊後退，一邊轉換到可以從左舷受風的角度。

「……好！前桅，轉動帆桁！」

判斷船首已經和上風處呈現四十五度角後，海尉下令剩下的前桅也和其他兩根船桅開始反轉帆桁。在來自左舷的風力推動下，船隻恢復速度，就這樣，暴龍號精彩地改變前進方向，開始逆風航行。

「哇！嗚喔……！」

由於受風位置已經從右舷變更為左舷，船隻的傾斜方向自然也跟著變成另一側。托爾威因此腳步不穩，而不受影響的馬修從背後扶住了他。

「小心點，船在迎風換舷時的動作會最劇烈……不過，連我也不知道可以做得這麼俐落。」

「謝…謝謝你，小馬……話說回來迎風換舷是？」

「是帆船朝著上風處逆風航行的方法之一。在轉動船體的同時改變帆的位置，讓整艘船能沿著く字型的路徑轉換方向。雖然無論什麼樣的船都無法從正面迎風航行，但只要利用這個技術，在一定的角度以內都能夠逆風前進。所以帆船可以藉由重複這個方法，讓船隻以鋸齒狀朝著上風處航行。」

馬修流暢地說明，表情透露出明顯的佩服。

「這絕對不是簡單的事情。首先不可或缺的條件是要有熟練的船員們彼此互相合作，再者一旦切換船舵方向和轉動帆桁的時機稍有失誤，船隻就會在尷尬的角度停下。而這個責任，大部分都壓在負責指揮操作的那個人身上。」

微胖的少年目不轉睛地凝視著站在艦尾的海尉那看起來似乎比過去更大的背影。

「……同樣是為了逆風航行的技術還有一個叫做順風換舷，這種比較容易辦到。不過，代價是轉換方向時需要長距離與長時間，像現在這樣以追擊為目的的場合，未免浪費掉太多時間。既然敵艦待在上風處，那麼就只能重複迎風換舷的動作來追趕對方。」

「和對手的距離是三海浬吧？能追上嗎……？」

「我也不知道。只是，對方的船艦是兩個橫帆加一個縱帆的三桅帆船，相較之下這艘『暴龍號』是一個橫帆加兩個縱帆的前桅橫帆三桅船。一般來說，縱帆被認為適合迎風換舷，既然在船隻的適應性上較為有利，那麼剩下就要看船員的技術了。」

在濃霧的另一端，可以隱約看到敵方的艦影。伊庫塔橫著眼望了一下，同時把十字弓的弓弦拉緊。

「關於駕船技術的輸贏，就交給專家們負責就好……不過問題是，這次並不是在賽船，而是戰爭。但現在的小波兒還欠缺對這事實的認知。」

「——好！逮住對方的尾巴了！」

開始追擊約四小時後。靠著船員們秩序井然的合作進行多次迎風換舷，在短時間內爭取到距離的暴龍號終於逐漸將敵艦納入射程。

或許是操縱技術的差異造成的結果，同時離開艦隊開始追擊的兩艘僚艦隔了約半海浬跟在後方。

這也是讓馬修等人感到介意的狀況之一。速度快是很好，但拉開這麼遠的距離，在戰鬥時就很難活用數量上的優勢。

「……差不多要進入膛線風槍的射程了……阿伊，你對這狀況有什麼看法？」

「……由於帝國內已經進入量產體制，因此海軍的風槍兵也配備了膛線風槍。我方有你和馬修在，如果演變成單純的槍擊戰倒是並不會處於劣勢。而且只要稍微爭取一些時間，僚艦也會前來支援……只是……」

伊庫塔瞇起眼睛凝視敵艦，推測出他在擔心什麼的馬修開口說道：

「——你在擔心的是爆炮吧？」

「沒錯，馬修。雖然好像還沒有報告提到齊歐卡在海戰中使用爆砲的案例，但如果我拿到那樣的武器，首先就會放到船上。」

「可是如果是那樣，我方應該早就進入對方炮擊的射程了吧？結果卻沒開炮，這代表……」

「當然，也有可能是敵方的船上並沒有爆炮。不過直到最後都不可以掉以輕心。在還沒親眼見識到損害時或許很難想像，但真正看到時已經太遲了。畢竟敵方有沒有那個可是天差地別。」

由於曾經嘗過爆炮的苦頭，伊庫塔的警戒心比任何人都強烈。被他的緊張感傳染，馬修和托爾威屏息凝神地往前看去，只見前方出現終於逐漸被追上的敵艦身影。

「以左舷鄰接敵艦並排航行！槍兵弓兵列隊！」

在波爾蜜紐耶海尉的指示下，拿著風槍和十字弓的水兵們前往甲板的左舷列隊。看到他們組成密集陣形的戰列橫隊並舉起武器的樣子，托爾威的表情哭悶地扭曲。

「那不太妙……既然已經導入膛線風槍，使用方法卻還跟滑膛風槍一樣。那個密集陣形會成為敵人的最佳標靶。」

「沒辦法，上一場戰爭結束後到現在的時間實在太短，大概根本沒有空把因應射程長距離化的訓練普及全軍。既然連陸軍都是這樣，較晚導入膛線風槍的海軍就更不用說了吧。」

不過……伊庫塔也提出了另一面的觀點。那就是齊歐卡應該也處於同樣條件。除非有亡靈部隊那種等級的敵人在船上，否則雙方槍兵的熟練度應該沒有太大差異。

「老大！敵艦主動靠近了！」

看到即將成為並列前進狀態的兩船間距離更為縮短，一名水兵大聲報告。波爾蜜紐耶海尉有些意外，因為她原本以為一開始會在彼此保持距離的狀態下形成槍擊戰。

「……意思是對方沒打算跟我們玩小家子氣的槍戰嗎？很好！掌舵手，船舵向左！」

「是！」

受到刺激的她下令把船舵往左打，和敵艦之間的距離也更加縮短。槍擊戰在彼此幾乎能看清對方船員的距離下展開，從敵艦飛來的子彈打破船帆，掠過船員頭上並卡進木頭船桅裡。

「接下來會和對方相接！全員上刺刀！準備白刃戰——！」

波爾蜜紐耶海尉的喊聲已經在預告戰鬥將速戰速決。為了對應登艦攻擊，水兵們紛紛開始裝上刺刀和短矛。馬修和托爾威正想命令部下也進行同樣的準備，伊庫塔卻伸出手來制止他們。

「等一下，時機未到！托爾威！看清楚敵艦的側面！不是船上而是船身！你會覺得那裡看起來有點不對勁嗎？」

聽到這個問題，托爾威也把原本緊盯船上的視線一口氣往下移。從海面到甲板為止的船身側面只有厚重的木材，他無法看出伊庫塔口中的不對勁之處。

「不，沒什麼奇怪之處——啊！」

翠眼驚訝得睜大。在托爾威的觀察下，原本似乎沒有任何可疑之處的船身側面接連出現四方形的缺口。那些缺口看起來像是從內往外推的窗戶，下一瞬間，帶著暗沉光澤的鐵製炮身從窗內出現。

「——是大炮！阿伊！有七門……不，八門！在船身側面排成一橫線……！」

「所有人都趴下！即將受到衝擊！」

當不妙的預感變成確信的那瞬間，伊庫塔在思考之前已經先開口大叫。然而，只有從陸上帶來的同伴們聽從這警告並立刻做出對應。在船上人員中占了大多數的水兵們根本不把陸軍的發言當一回事，因此在沒有任何防備這狀況下迎接那一瞬間。

類似雷鳴的轟隆聲響震撼眾人耳朵，同時「暴龍號」的船身也劇烈晃動。在左舷組成戰列的水兵們有一部分被打成碎片，飛散出去掉進右舷的海裡。沒被直接打中的人們也在晃動下摔倒、落水、或是狠狠撞上船帆，這一擊造成的死傷者隨隨便便就超過了十人。

「嗚……！」

伊庫塔口中發出痛苦的呻吟。連預料到衝擊的他也沒能安然無傷，腰部撞上索具而受到挫傷。

總算平安無事的馬修和托爾威站了起來，正打算前來救助負傷的戰友，他本人卻嚴詞拒絕。

「不必管我，快跑向艦尾！她要掉下去了！」

聽到這句話的兩人猛然一驚，把視線移向艦尾後，就發現似乎是被先前衝擊打飛的波爾蜜紐耶海尉以上半身掛在外側的姿勢，渾身無力地癱在扶手上。而且她好像已經失去意識，身體正朝著大海逐漸下滑。

「可惡！拜託要趕上……！」

位置比較靠近的馬修用力在地板上一蹬，往前衝出。他到達艦尾的同時，波爾蜜紐耶海尉的身體也整個從扶手上滑落。馬修伸出去的右手在千鈞一髮之際抓住了對方的腳踝。

「嗚……！快……快醒醒啊！笨蛋！現在是該昏倒的時候嗎！」

「……咦……？」

身處倒吊狀態的波爾蜜紐耶海尉恢復意識。發現往上看是海面，往下看則是抓著自己腳踝的馬修後，她總算了解現在正處於生死關頭。

「什麼……啊！嗚哇！啊哇哇哇哇哇……！」

「慌什麼！我也已經撐不住了……！只能孤注一擲，我要一口氣把妳拉上來！」

馬修講完，接著用左手確實抓緊扶手，然後一口氣把握著海尉腳踝的右手往上提。當上半身回到船上時，波爾蜜紐耶海尉也拚命地伸長手臂，好不容易抱住了扶手的下段部分。這時馬修先喘了口氣，才再度把手臂往上拉，最後她總算平安回到了甲板上。

「呼……呼——」「別在這種地方休息！笨蛋！」

由於死裡逃生的衝擊，讓海尉像是洩了氣般地整個人坐倒在地。連調整呼吸的時間都不願意浪費的馬修站了起來，半拖半拉地把她拽往後桅後方。靠這樣躲過槍擊後，馬修伸手抓住恍惚狀態的波爾蜜紐耶海尉雙肩，用力搖晃。

「喂！妳振作點！戰鬥還沒結束！」

「啊……嗚啊……嗚……發生……什麼事……？」

「是齊歐卡軍艦的炮擊啊！而且還是強烈到萬一我方運氣不好有可能會被打沉的攻擊！我過去已經提過好幾次關於爆炮的事情吧！」

「我……我不懂……我……不知道那是什麼玩意……！」

她哭喪著臉訴苦的樣子，呈現出讓人很難從過去那種跟女海盜沒兩樣的言行舉止想像到的脆弱。馬修咂了咂嘴，放開她的肩膀——看這樣子，要她現在立刻恢復成指揮官身分應該是不可能的事情。

「……我明白了，總之妳先待在這裡調整呼吸吧。等冷靜下來之後就回去指揮，知道嗎？」

馬修不抱期待地這樣交待完後，就彎著身從船桅後方衝出，趕回同袍身邊。在那邊可以看到托爾威把馬修留著的部下也一起統整起來，正在指揮迎擊行動。

「繼續射擊！瞄準船身側面的炮手，別讓對方再發射！」

「桅樓上的兩人！你們要狙擊敵艦的高階船員！從根本削弱對方！」

伊庫塔也忍受著腰部疼痛並發出指示，但再怎麼說形勢都不太妙。由於關鍵的「暴龍號」正規船員還沒從混亂中恢復，因此狀況完全是寡不敵眾。而且直到遭受炮擊前，這艘船都維持往敵艦靠近的方向沒有再轉動船舵，因此再這樣下去兩艘船的路線將會交叉。不只會在近距離承受下一次炮擊，而且根據情況，敵方或許會直接登艦攻擊。

「再這樣下去不妙……！」

托爾威抱著焦躁情緒喃喃說道。這瞬間——尖銳的鑼聲響遍落入絕望深淵的「暴龍號」船上。在這種似乎能罵跑船員內心膽怯的響亮鑼聲後，接著是嘶啞的老人聲音以強而有力的語調傳向甲板。

「喝！你們這些混帳還不快點清醒！」

聲音的主人待在後部甲板——因為先前的炮擊而失去掌舵手的舵輪旁邊。那正是至今為止都沒有在正面舞台上現身的「暴龍號」艦長，拉吉耶希·庫奇海校。目睹船艦落入絕境因此挺身而出的老練軍人捨棄朽邁的老人形象，讓全身都洋溢著往年的活力。

「前桅，把帆桁往左轉！要讓船帆以前方受風！」

海校以毫無猶豫的聲調發出指示。他把剛剛敲響的鑼丟向腳邊，親自握住舵輪。接著老人再次以大音量激勵還沒從混亂中恢復正常的船員們。

「你們在拖拖拉拉個什麼！這樣還算是卡托瓦納海軍的成員嗎！沒事的人給我趕快回到自己的崗位！不會效法陸上的友軍嗎！」

聽清楚這吼聲的瞬間，船員們就像是被淋了一頭冷水，行動也恢復秩序。回想起自己任務的他們慌慌張張地在船上移動，重新回到各自的位置。姑且先靠著把船舵往右打以拖延衝突時間的庫奇海校再度重複一次和剛剛相同的命令。

「我說了要你們快點把前桅的帆桁往左轉！手腳再不快點，敵人可會再度炮擊！」

憶起剛才衝擊的船員們非常慌張地回應這個以緊迫聲調下達的指示。由於舵輪和帆桁都已轉動，原本來自斜前方的風轉為來自正前方，與前進方向呈現反向量的風力讓船帆往逆向高高鼓起。這樣就等於是讓船踩了緊急煞車，船身的前進速度也突然大幅變慢——沒過多久，走在前面的齊歐卡軍艦就傳出了第二次的轟隆聲響。

「好……好險啊……！」

馬修帶著背脊一陣發涼的感覺，確認炮擊從快要打到船頭的位置驚險飛過。要是庫奇海校再晚一點才介入戰局，「暴龍號」這次真的會因為來自極近距離的炮擊而受到致命傷吧。

「直接把船舵打往下風處！我們要以全速逃回艦隊，陸上的小鬼們，這樣沒問題吧！」

「我們舉雙手雙腳贊成！……但，既然船身已經因為最初的炮擊而受損，而且船帆面積也是對方較大！真的有辦法逃走嗎？」

「如果只有這艘船的確很困難，但我方有僚艦！我和『槍魚號』的艦長是老交情，對方會推測狀況而展開牽制戰術吧！」

庫奇海校給予堅定的回應。伊庫塔和馬修以及托爾威決定相信這名回歸現役的老人展現的大膽笑容，在「暴龍號」上再度開始行動。

＊

同一天的傍晚，看到勉勉強強逃離敵艦追擊回到艦隊的僚艦呈現出慘不忍睹的狀況，讓目睹到這一幕的卡托瓦納海軍眾成員都受到了下巴簡直快掉下來的衝擊。

「這……這是怎麼回事……？」

船身的側面開了兩個大洞，主桅的船帆破破爛爛，船上的設備就像是被巨人破壞過那般一塌糊塗。這慘狀甚至會讓人覺得這艘船還能浮在海上實在不可思議。

「敵方只有單艦吧？我方明明還帶著僚艦追擊，到底發生什麼事情才會變成這樣……？總……總之，先把傷患送到醫務室！」

兩艦船舷相接後，奄奄一息的傷患們從「暴龍號」上沿著舷梯被送往旗艦。這過程在「黃龍號」船員的屏息旁觀中結束，接下來輪到還可以靠自力行走的人。首先是馬修，接著是伊庫塔和把肩膀借給他的托爾威走下舷梯。

「索羅克，你負傷了嗎……！」「讓……讓我看看患處！」

從群眾中衝出的夏米優殿下、哈洛還有雅特麗直接跑向三人身邊。伊庫塔邊轉向她們，同時哭喪著臉頻頻叫痛。

「……好痛喔～背後好痛～……哈洛，我快死了～救救我～」

「請振作一點！我一定會救你！外傷是箭傷嗎？還是槍傷？」

「不，這傢伙只是撞到……我差不多快搞懂了。這理論只適用於伊庫塔，當他故意強調很痛很痛時，反而該認定這行為是只受了輕傷的徵象。」

就像是要證明馬修的分析，掀開伊庫塔襯衫的哈洛放心地吐了口氣。夏米優殿下也摸著胸口總算放心，這時雅特麗從她們後方往前，來到少年面前。

「……如果只看船身的損傷，似乎是一場相當激烈的戰事。讓你們前去參加應該是正確答案吧？」

「這艘船勉強沒有沉沒而成功回來的結果就是答案。謝謝妳說服了尤爾古斯上將，不愧是妳，這是很棒的助攻。」

伊庫塔豎起大拇指，而炎髮少女回以微笑。這時，一臉嚴肅的剛隆海校快步通過一行人身邊，然後停下腳步。

「庫奇海校、波爾蜜紐耶海尉，請立刻前往艦長室。尤爾古斯上將正在等你們的報告。」

垂頭喪氣的海尉的肩膀跳了一下。她身邊的庫奇海校輕輕點頭，從背後推了彷彿結凍而一步也走不出去的海尉一把，兩人開始一起移動。

先等他們離開，剛隆海校才轉向雅特麗等人。

「雖然不需要所有人到齊，但請各位也過去一趟。尤其是搭乘『暴龍號』的成員中最少要來一人。」

「了解——哈洛，可以把伊庫塔交給妳嗎？基本上他的確是傷患。」

「請交給我！」聽到這句話，哈洛充滿幹勁地回應。確定答案後，雅特麗接著把視線移到公主身上。

「殿下，如果您願意的話也請和哈洛一起行動。」

「嗯，明白。我會確實地把索羅克綁住……我是說會讓他好好休息。」

雅特麗向爽快應承的公主殿下行了一禮，然後確認馬修和托爾威都點點頭後，轉向剛隆海校靜靜回應。

「由我等三人前往。雖然不好意思，但麻煩您領我們前去艦長室。」

將艦長室放在軍艦最尾端是卡托瓦納海軍自古以來的習慣。

「黃龍號」的尺寸在所有船艦中是雄踞首位。在這艘船最深處的寬廣房間中，把雙手手肘都撐在厚重大桌上的耶里涅芬·尤爾古斯海軍上將正等著眾人。

「我看過船的樣子了，看來是慘敗。」

他的聲調並沒有特別帶有指責之意，反而很平淡。雅特麗等三人在後方並排站著，而他們前面的波爾蜜紐耶海尉依舊深深垂著腦袋，她旁邊的庫奇海校則嚴肅地點點頭。

「這是我的責任。身處艦長的立場，卻直到今天都錯估齊歐卡船艦的威脅。」

「哼，我說庫奇爺，你這話聽起來像是謙虛反省，但其實是拿反省當幌子的指責吧？因為頭一個誤判的人，就是人家本身。」

尤爾古斯上將邊嘆氣邊說，同時靠著椅背挺了挺腰。馬修和托爾威有點感動。至少眼前這個人物和之前的長官不同，即使遭遇意外事態，似乎也不會因一時的情緒波動而亂吼亂罵。

「無論是斥責還是反省，總之人家要先聽過報告。按照順序從頭說明你們追上齊歐卡船艦後發生了什麼事吧。」

在上將的催促下，庫奇海校開始慢慢敘述——「暴龍號」追著敵艦逆風航行，順利追上後開始與對方並行並嘗試展開槍擊戰，這時卻遭到超乎常規炮轟的猛烈攻擊。然後他補充由於「暴龍號」的船員處於崩潰狀態，接下來的戰鬥就由在那段期間內出面戰鬥的馬修和托爾威代為報告。

「……喔，原來是這樣。簡單來說就是挨了什麼爆炮一擊之後，船員們驚慌失措所以無法打一場正常的戰爭？」

「正是如此。在炮擊後，只有那邊的小子們和他們的部下能夠做出冷靜的對應。雖然羞愧，連我本身也需要時間去理解到底發生了什麼事情。」

庫奇海校毫無隱瞞地敘述事實。聽完這些話的尤爾古斯上將直到此時，才第一次把視線轉往老人身邊那個依舊堅守沉默的姪女身上。

「波爾蜜，妳有什麼意見。」

「…………！」

「不要像顆石頭都不說話，要從遭到對方痛擊的立場表達意見。就算剛遭到炮擊時妳曾經昏倒，但之後還是有目睹各種狀況吧？到底如何？」

這時，尤爾古斯上將的語氣並沒有帶著責備，他本人大概也沒那意思吧。然而，質問對象的內心卻已經被逼進了絕路，連這種事情都無法好好判斷。

「……我……不知道……」

「嗯？」

「……我不知道有那種東西！我從來沒看過那麼厲害的大炮……！所……所以我按照訓練和對方並走……想要用風槍和箭矢削弱敵人戰力，然後接觸敵船登艦攻擊就行了……我還以為只要那樣做就會贏！明明我被教導這樣就能贏，可是……可是……！」

從她嘴裡講出的發言已經不能算是報告。聽到這內容後，尤爾古斯上將的眉頭也逐漸鎖緊。

「到……到追上為止都很順利！迎風換舷連一次都沒有失敗！在控船技術上應該是由我方完全獲勝！可是……那……那種大炮太卑鄙了……！要是沒有那種大炮，打贏的絕對會是我們！是吧？是這樣吧？庫奇爺爺也這樣想吧？」

聽到海尉哀求般地希望自己能附和，庫奇海校只是帶著沉痛表情一語不發。當波爾蜜紐耶海尉還想繼續辯解，再也受不了這種醜態的尤爾古斯上將厲聲說道：

「……已經夠了！波爾蜜，妳下去吧，現在立刻離開這房間。」

「等，等一下，叔叔！我……！」

「夠了，實在讓人聽不下去。妳不知道自己的行為有多難看嗎？我是要妳報告敗戰的顛末，可沒有要妳為了打輸找藉口。」

「……嗚！」

「什麼途中都很順利，或是沒有哪個就可以贏……明明無論妳說什麼都無法改變結果，卻囉囉嗦嗦地實在有夠難看。這是恥上加恥。我說妳，打算用這種樣子自稱為尤爾古斯的後裔？」

最後這句話深深刺入她的內心，也奪走所有的藉口。大顆淚珠從海尉睜大的雙眼中不斷滾落，彷彿眼睛內部的水壩已經決堤。

「是人家看走眼了。波爾蜜，現在解除妳作為『暴龍號』船員的身分，我不會再讓妳回到那艘船。在下達後續命令之前，妳就在這艘船上找個角落好好躲著吧！」

叔叔嘴裡講出的處置摧毀了海尉內心的最後寄託。

「啊——喂！」

波爾蜜紐耶海尉用一隻手蓋住哭得亂七八糟的臉，終於衝出艦長室。馬修聽著沿著走廊逐漸遠去的腳步聲，只能繼續呆呆站著，連反射性伸出去的右手都無法放下。

「不要管她。現在更重要的是後續報告——不過我要早點把話挑明，由於發生這次的事件，你們已不再是『貴客』。無論要感到高興還是傷心都是你們的自由，但首要之務是接受這事實。」

尤爾古斯上將以沉重的語調如此宣布，站在旁邊的副官則嘆了口氣。知道自己等人於名於實都已經被視為援軍後，雅特麗和托爾威換上新的心情，面對眼前的長官。

只有馬修一個人，依然介意著背後那扇波爾蜜紐耶海尉奪門而出的房門。

「呃……換句話說，算是因禍得福的結果嗎？」

哈洛簡明扼要地總結出重點——在艦長室報告完後，騎士團五人和公主都前往雅特麗她們三人之前被分配到的房間裡，久違地齊聚一堂。

「嗯，大致上是那樣沒錯。一方面成功喚起我方對齊歐卡戰力的警戒，而且也證明了在對應這份威脅時，我們的經驗能發揮效果。雖然出現犧牲的確悲慘……不過和只能受保護的客人立場相比，現在有很大的進步。」

雅特麗點了點頭。這時，旁邊有個上半身打赤膊並包著繃帶的少年從床上爬了出來。哈洛慌忙按住他的肩膀。

「不行啊，伊庫塔先生。你現在必須安靜休息！雖然沒有骨折，但這還是程度相當嚴重的挫傷……！」

「讓……讓我去……！小波兒她……小波兒她在等我……」

伊庫塔像是囈語般地嘀咕個不停，哈洛和夏米優殿下則兩人一起把他又硬推回床上。坐在對面床鋪上的微胖少年繃著臉旁觀這幅光景。

「……那種女人可以丟著不必管吧，完全是她自作自受。如果從一開始就好好安排和我們的合作，就可以減少許多損害……」

馬修以低沉的聲音如此說道，面朝上躺著的伊庫塔邊呻吟邊回答。

「好痛……或許的確是那樣沒錯。不過馬修，她還很年輕啊……」

「她年紀比我們還大。而且啊，基本上這不是可以用年齡當藉口的事情吧？」

「真的是那樣嗎……那麼，在北域參加那場泥沼般的戰事時，難道我們從來不曾因為自己的年輕而感到不對勁嗎……？面對還不到二十歲就得在敗仗的最前線擔負起許多人命的沉重壓力，難道你都不曾想要抱怨『別讓這種毛頭小子亂搞』嗎……？」

「……就算曾經那樣想，也沒有任何人願意聽啊。」

「嗯，是啊……這是在那個戰場上曾發生的大錯之一，所以我們才被迫必須自己設法。在和薩札路夫少校會合之前，除了不依賴任何人，靠自己活下去以外，別無其他選擇……」

「…………」

「不過啊，馬修……你認為每一個人都能夠靠自己克服和那個相同的苦難嗎……？」

馬修無言以對，也實在沒辦法毫無猶豫地點頭回應。原因就是無論如何，他本人也沒資格主張當初是靠自身力量在北域那泥沼般的戰場上存活下來。即使只針對和席納克族的內戰，他也總是仰賴優秀的同伴——伊庫塔和雅特麗和托爾威才得以保住一命。雖然長官靠不住，卻靠著同伴成功存活。

「即使研究海軍的歷史，也可以知道在小波兒這種年紀就負責實質艦長任務的案例並不常出現……應該是靠著她本身是個優秀船員作為前提，再加上其他各式各樣理由幫忙撐腰才得以出人頭地。如果其中最關鍵的一點是『尤爾古斯後裔』這個家世，那麼她肯定打一出生就被迫必須成為英雄。

同時，她本人應該也一直為了回應這份期待而拚命奮鬥至今……」

對這段境遇產生感同身受的感覺，出身於「忠義御三家」的兩人都放低視線。伊庫塔橫著眼看了看他們，然後嘆了口氣。

「不是所有人都能活得像雅特麗和托爾威那樣……對大多數的人來說，必須持續回應周圍期待的人生都過於沉重。所以今天，小波兒輸給重壓而跌了一跤……這並不是她一個人的責任。對於人格上的不成熟視而不見，硬是把她拱上高位的周圍人們的輕率才是最嚴重的原因……所以我認為，我們在指責她之前，應該要先譴責沒有給她正確成長機會的海軍這個環境……」

「……如果可以把成長的環境作為藉口，那麼每一個失敗的人不也一樣……就連那個薩費達中將說不定也會講出一樣的說詞吧！」

「嗯，是啊……如果從這種角度來看，薩費達中將為時已晚。他除了接受極刑好以身作則，再也沒有其他能負起責任的辦法。不過馬修……即使以這些為前提，我還是要再講一次。小波兒還年輕。而且她並不是我們的長官，若以實戰經驗來論，她反而算是晚輩。我不想在這裡丟下她不管。」

馬修咬著嘴唇保持沉默，伊庫塔的表情因為疼痛以外的理由而扭曲。

「對於犯下過失的晚輩嚴加指責是錯誤的做法……喝斥和激勵都只是單純的手段，到頭來只有告誡並引導對方才是唯一的正確答案。對方如果是小孩子那更不用說，就算直接指責錯誤的行動和想法也沒有任何效果……因為這些都是錯誤的教育方式和成長方式表現出的結果。如果沒有深入根源好好正視對方，那麼無論再怎麼斥責，都無法改變任何事……」

發言的主線已經偏離波爾蜜紐耶海尉的事情。然而這時，這番話卻讓夏米優殿下的內心受到比馬修更深入的震撼。這個少年是抱著什麼想法面對自己呢──少女感到自己終於了解了一部分，忍不住握緊拳頭。

「……可惡……！」

低聲咒罵後，馬修從床上起身，接著走向房門。托爾威立刻對著他的背影發問。

「──等一下，小馬。你是要去見海尉嗎？」

「……………」

「我覺得那樣很好。在那艘船上，比所有人都認真面對海尉的人就是你。所以……我想你一定也有些話能告訴現在的她。」

講出這句話的青年臉上，甚至帶著點引以為豪的表情。在友人發言的鼓勵下，馬修做了個深呼吸，然後果決地走出房間。

「黃龍號」被稱為世界第一的巨大體積，同時也顯示出要在這艘船上找出一個人有多麼困難。要是漫無目標的隨便亂找未免太費工夫，因此馬修在此決定效法伊庫塔，刻意採用「科學」的思考方式。

「首先……現在那傢伙應該會想獨處吧？」

光是把這點作為前提條件，就能讓該尋找的地點選項大幅減少。原本並非本船人員的波爾蜜紐耶海尉當然沒有屬於自己的房間，而且船內幾乎不存在能讓人獨自窩在裡面不出來的空間。例外大概只有廁所，但很難想像對方會在還有其他選項的情況下選擇那種地方，因此馬修決定之後再去確認。

「這樣一來，果然最有可能的答案是……」

已有推論的馬修快步通過走廊，直接走上樓梯前往甲板。在群星閃爍的夜空下，遭遇先前敗北而被迫重新檢討戰略的海軍第一艦隊所有船艦正在大海的正中央下錨停泊中。

由於縮帆作業也已經完成，只能看到少數幾個船員還在船上工作。雖然右舷和正在修理的「暴龍號」相接──但是現在的波爾蜜紐耶海尉應該不被允許回到那艘船上。因此馬修把「暴龍號」趕出意識，讓視線在旗艦的甲板上四處移動。他一一檢查那些似乎能躲起來避開他人眼光的地點，之後……

「……嘖！那傢伙居然在那裡……」

幸好有月光。在聳立的主桅的中段位置──超過海拔二十公尺的高處設置了一個監視台。馬修的雙眼勉強捕捉到躲在那邊縮成一團的某人身影。

波爾蜜紐耶海尉察覺到有人爬著繩梯，邊發出嘎吱聲邊逐漸靠近，不由得縮緊身子。

她保持抱膝姿勢，戰戰兢兢地只把腦袋往後一轉，這時爬上來的那個人剛好抓住了監視台的底部。在海尉屏息旁觀下，認識的那個微胖少年突然探出頭。

「……嗨。」

「…………」

「看起來還有讓我可以待在裡面的空間，所以，那個……打擾一下了。」

努力在不要往下看的情況下爬進監視台後，馬修背靠著船桅，在波爾蜜紐耶海尉的旁邊坐下。下一瞬間夜裡的漆黑大海就占滿了整個視野，讓少年感受到難以言喻的恐怖，只能看著那光景吞了口唾沫。

「妳真行，待在這種地方居然還可以感到消沉……我已經因為嚇得提心吊膽而顧不到其他了。」

「……你……你來做什麼……」

「呃，這個……是什麼呢？我是來做什麼的啊？」

馬修露出連自己都感到不解的表情，稍微側了側腦袋。波爾蜜紐耶海尉把臉埋進膝蓋之間，像是想要逃離他。

「快……快走啦……！放我一個人在這裡……！」

「不，就算妳這麼說，但我得待久一點才能做好下去的心理準備……是說……喂，我怎麼覺得妳講話的方式和之前不一樣？或者該說是個性不同？」

覺得詫異的馬修仔細打量著對手。看著她簡直像一隻被雨水淋濕的兔子，緊緊縮著身體的這副

模樣，少年突然想通了真相。

「……我說妳啊……該不會是在家才敢囂張的那種人吧？而且還相當極端。」

「…………嗚！」

「我之前一直以為，一開始在尤爾古斯上將面前見面時妳是在裝乖，等和我們一起搭上暴龍號之後才現出本性……不過看到現在的妳，似乎不是那麼一回事。如果真要說，現在的妳才是真正的妳吧。意思是妳只有在自己的船上才能成為耍著彎刀的女海盜囉？」

「別……別講這種自以為是的話！我隨時都是同樣的我！」

「就說妳只是不打自招所以還是別說了吧……我反而要拜託妳保持現在這樣。比起被罵成胖子或肥豬，這樣可輕鬆多了。」

馬修邊嘆氣邊這樣說完，被沉重羞愧感壓垮的海尉就又把臉埋進膝蓋之間。海拔二十公尺的監視台籠罩著一片沉默。因為不知道該說什麼而困擾到極點的馬修稍微思考了一會，最後決定把從一開始就一直很在意的事情說出口。

「我說……如果是我的誤會那很抱歉，不過關於妳右臉上的傷痕……」

猶豫了一會，馬修才繼續說道：

「……是妳自己弄傷的吧？」

波爾蜜紐耶海尉縮起來的肩膀猛地跳了一下，她邊發抖邊抬起頭。

「……為……為什麼……？」

「呃，妳別緊張，我不是在瞧不起妳。我也有同樣的傷。」

馬修說完，用手指摸了摸自己右臉頰的下部。雖然在月光下很難看清，但那裡有一條以前他自己製造出來的細長傷痕。雖然和海尉的傷痕相比顯得又小又不顯眼，但即使如此，兩人的傷痕依然都和「出處」相同。

「崇拜喀爾謝夫船長是每個喜歡船的人都會經歷的過程，更何況對妳來說他還是自己直系的祖先……不過，真佩服妳敢弄出這麼大的傷口。我才切不到三公分就掉下眼淚，而且之後還被我媽發現，遭到一陣痛罵。」

馬修說著說著，自己的臉頰也因為不好意思而開始發熱。在這種情況下，他突然注意到……旁邊的波爾蜜紐耶海尉正凝視著自己，專心聆聽發言。

「……喀爾謝夫・尤爾古斯。他是在亂世時代以海洋為據點建立起一大軍閥勢力的豪傑，也是最早發明帆船逆風航行技術的偉大船員。而且最重要的是，他還是個總是為了尋求未知土地而航向大海的冒險家。」

馬修閉上眼睛，在眼皮內側描繪出那些促使年幼的自己對大海產生憧憬的冒險故事。一開始的契機，是母親漢娜・泰德基利奇講的床邊故事。喀爾謝夫船長的軼聞有著豐富的變化，混雜著史實和誇大的荒誕無稽冒險故事總是讓小時候的馬修聽得忘記睡意。

「雖然以『冒險故事的英雄』這身分廣為人知，但除此之外，他作為軍人的功績也很顯著。首先他創立了在後來演變成卡托瓦納海軍的集團，還有把軍艦人員按體系改組這點也很革新。掌帆長、領航長、海兵隊長……現在理所當然被採用的這些職務在喀爾謝夫船長出現前其實並不存在。因為本人有著豪爽又粗獷的個性，所以也是被稱為卡托瓦納海盜軍這惡名之根源的人物……不過和這種風評相反，關於在沒有秩序的海盜集團移轉成有規律的海軍時所需要的基礎，毫無疑問正是由這個人建立。」

這帶著熱情的語調，是人類在談論真正喜歡的領域時才會發出的聲音。波爾蜜紐耶海尉正聽得出神，微胖的少年卻嘆了口氣。

「關於這樣的喀爾謝夫船長所擁有的技術和精神，正是由妳出身的尤爾古斯家直接繼承吧。畢竟尤爾古斯家也被列入『忠義御三家』之一，在歷史上的定位甚至可以和伊格塞姆與雷米翁相匹敵……我想必須扛著這種家世的壓力，大概只有本人才能體會。」

「…………」

「可是啊，波爾蜜紐耶海尉。在搭乘『暴龍號』的期間，我們從一開始就沒有把妳視為尤爾古斯家的成員。而是單純地把妳當成友軍，當成對等的同伴。真希望妳那時能明白這一點。」

馬修邊搔著頭邊說，波爾蜜紐耶海尉用手背擦了擦哭到腫起來的眼睛。

「我說妳啊，別再老是把自己的視線放往高處，試著稍微回頭看看真實的自己如何？停止想靠著那種霸凌行為讓自己立於優勢的做法……雖然指揮官當然會想讓部下覺得自己看起來很偉大，但要是這種假象連自己都騙倒了，可成了本末倒置。」

「……嗚……！」

「只要戰況一惡化，隨便糊糊的紙老虎就會頭一個被吹爛，我在北域時也嘗了不少苦頭……我不會叫妳別虛張聲勢，因為這反而是絕對必要的事情。只是，在走投無路的戰場上，就連紙老虎都必須是一級品，否則根本不值一談。」

當馬修正因為自己講的發言而露出苦笑，這時旁邊突然傳出帶著哭腔的說話聲。

「……典席西、馬庫尼、亞烏薩、庸德魯凱……」

「？」

「他們是『暴龍號』的船員。可是，已經不在了。因為我是紙老虎，所以大家都死了。在……在我不知道的時候，聽說他們四人都被炮擊打成四散的碎片……！而且還掉進海裡，連……連屍體都沒有留下……！」

「……嗯……」

馬修側眼看向啜泣個不停的海尉，吐出長長的嘆息……這是他也曾經感受過的心痛，許多臉孔在眼前閃過。在北域方面戰役的尾聲，抵抗阿爾德拉神軍的撤退戰中失去了許多生命。那些都是他親手培育出來的……第一次獲得的部下們。

「…………這種事情真的很痛苦呢…………」

「……別講得那麼輕鬆……！別講得好像你也很懂……！」

「不，我懂……我真的懂。」

馬修深深感受著相同的痛苦，不斷點頭……在滿天的星空下，波爾蜜紐耶海尉的嗚咽聲一直持續，不知何時才會結束。然而，無論要花多少時間等待他都不在乎。微胖的少年像是理所當然地決定自己會繼續待在這裡，直到她停止哭泣。

＊

從卡托瓦納海軍第一艦隊的船艦航行於其上的帝國東側邊緣領海再往東。在由齊歐卡支配的海域中，有數艘帆船往來於正逐漸迎向黎明的大海。

「不准休息！聽好了！還有一百次！」

「「「「「「Sir,yes,sir!」」」」」」

其中一艘船的前方甲板上，可以看到海兵們從一大早就單手舉著彎刀重複進行揮刀訓練。他們的武器和卡托瓦納海軍沒有太大的差別，在不安定的船上，比起上了刺刀的十字弓或風槍，長度較短便於揮動的彎刀更受到重用。

「你們那種腿軟的樣子是怎麼回事！以為自己是在廚房切菜嗎！再追加一百次！」

「「「「「「Sir,yes,sir!」」」」」」

看起來似乎是海兵隊長的魁梧男子命令滿身大汗的部下繼續運動。由於海兵們在發生戰鬥前都沒什麼機會表現，而漫長的待機時間會讓身體變遲鈍，因此這和「暴龍號」上發生的情況不同，並不是沒有意義的虐待。然而——先不論這點，下令的男子身上有兩處顯得特別異樣的地方。

第一點是握在他手中的大型長武器。那東西可以形容為附有倒鉤的戰斧，除了這名男子，沒有其他人拿著那麼誇張的武器。而第二點——就是男子的臉部右側。有一道直達耳下，還可以從變成紫色的臉頰肉之間看到凌亂牙齒的傷口。

咚！戰斧的斧柄前端重重敲擊甲板地面。看到士兵們被這聲音嚇得縮了一下，男子嘆了口氣，大步走了過去。

「這樣不行……看起來你們都是些懦夫。」

男子慢慢地從一個個臉色鐵青緊閉著嘴的部下之間走過，瞪向他們每一個人的臉。就這樣讓所有人都心驚膽戰後，才在一名士兵前停下腳步。

「克藍加，尤其是你。剛才的揮刀動作是怎樣？你以為是在玩嗎？」

「不……不是，我並沒有……」

「我說過了吧，不准收起殺機。隨時都要抱著準備殺死眼前敵人的想法來揮刀……明明我耳提面命過那麼多次，但看起來你似乎在最近這段悠閒的旅途中把這事給全忘了。」

男子以似乎很不耐的態度搔了搔後腦，接著撇了撇自己裂開的嘴。

「算了，你放心吧。我馬上會讓你回想起來。」

「……咦——！」

下一瞬間，男子的右手輕鬆揮動戰斧。還以為自己腦袋會被砍掉的海兵用彎刀當盾縮起身體，然而和他的預料相反，揮過來的凶器在即將砍到前停了下來。

「呼——」

然而，事情還沒有結束。才剛看到和斧面處於相反位置的倒鉤勾住了士兵的軍服領子，接下來扛著戰斧的人就靠著自己的強壯手臂，讓掛在戰斧上的一整個人懸空。

「哇……哇啊啊……！」「別亂動。」

男子單手握住勾著部下的武器，走向甲板的邊緣。在許多海兵們屏息旁觀的狀況下，他到達舷門後，就把還掛著士兵的長柄戰斧當成釣竿，直接伸向海面。

「噫……！隊……隊長！請饒了我！葛雷奇隊長……！」

看到波濤洶湧的大海就在自己的正下方，嚇破膽的士兵發出慘叫……雖然今天沒有下雨，但風卻很強，造成浪也很大。正因為是海兵，所以他很清楚掉進這樣的大海裡會有多危險。

「魚餌不准講話，會把魚嚇走。只要釣到一隻大魚我就放你走。」

被喚作葛雷奇的男子一臉平靜地回應。這可不是開玩笑的，用人類當餌能釣到的魚只有鯊魚之類，而且萬一被那種玩意咬中，士兵真的會有生命危險……話雖如此，看來實際上他似乎不需要等待那樣的惡運。因為勾在倒鉤上的軍服上衣發出纖維斷裂的聲音，成了落水的倒數讀秒。

士兵產生絕望的心情，而葛雷奇則是邊挖鼻孔邊讓戰斧上下移動。這時在兩人的眼前——突然有一隻鳥飛過。從高空迅速俯衝而下的那隻鳥在接觸水面的同時，也對事先盯上的水面下魚影伸出鉤爪；當牠再度飛上天空時，已經抓住一條約莫有五十公分的魚。

成功逮住獵物的這隻鳥似乎很得意地繞了一圈，接著才通過海兵們的頭頂，在甲板前方降落。

不過降落地點並不是甲板上，而是不知何時已經站在那裡的某個人肩膀。

「做得很好，米札伊。」

俐落抓住從空中拋過來的魚，並開口稱讚肩上愛鳥的這個人，乍看之下有著奇妙的打扮。就算穿在那凹凸有致身材上的齊歐卡海軍軍服還可以不算，但戴在頭上那頂有著圓型寬帽緣的三角帽，還有像是用羽毛編織而成的白色外套，在船上都發出一種可稱為異樣的異國情調。而那對深琥珀色的眼眸，更增添了宛如年老貓頭鷹那般充滿智慧的印象。

停在那人肩膀上的鳥發出一聲尖銳的鳴叫。被主人喚作米札伊的那隻鳥是擁有白色身體和黑色羽翼的猛禽——鶚。由於捕魚本領高強，也被稱為魚鷹。全長接近七十公分的這隻鶚即使在同類中也算是相當大型吧。

「這個如何呢？葛雷奇。」

一隻手拿著愛鳥獵物的她走向海兵隊長身邊。雖然體型以女性來說算是相當高，但一和人高馬大的葛雷奇站在一起，兩人的身高差距幾乎快成了父女檔。

「非常感謝，少將大人。」

聽到女子問話的葛雷奇立刻收回戰斧，把被懸在半空中的部下放到甲板上。接著先挺直上半身敬了一禮，才伸出粗獷的雙手恭敬接下那隻魚。

「——鯕鰍嗎？居然可以一爪抓起體型這麼大的魚，米札伊還還是跟平常一樣是優秀的搭檔呢。」

「嗯，是吧？希望之後也可以分一片給這孩子。」

「我會讓人把最大的一片送過去──知道吧，克藍加？」

葛雷奇用自己那張裂開的嘴，對還一屁股坐在甲板上喘氣喘個不停的部下笑了一笑。克藍加慌忙起身接過魚，為了把這魚送往廚房而衝向甲板前方的樓梯。女性目送著他的背影離開，低聲說了一句。

「──真抱歉，似乎害你們必須長時間忍耐無聊。」

「這也沒辦法，要是被命令等待，就算是一百年也得等，這就是我等的任務。」

「我也沒預料到會等這麼久……或者該說，我沒想到居然事到如今還要等待敵人。因為我一直堅信，下次我們收到的命令會是能讓帝國明白死期已到的總攻擊。」

「如果有按照我方的預測打下北域，那麼遲早會演變成那樣吧──對那毛頭小子有點期待過度了嗎？」

葛雷奇一邊回想以前遇過的白髮將領，同時嘴上抱怨。女子緩緩搖頭。

「約翰有在努力。一方面煽動席納克族誘導對方發動內亂，同時說服阿爾德拉本部國，趁著北域鎮台筋疲力竭的時機派出大軍──他一個人建立了如此龐大的計畫，而且還成功實行。在齊歐卡，究竟有多少將領能做到同樣的事情呢？」

「的確。不過，在最後關鍵一擊時卻搞砸了也是事實。就是因為那樣，我等才會像目前這樣陷入無聊。」

「雖然我懂你的意思，但你對約翰太嚴苛了，葛雷奇。你還記恨著那道傷的事？」

聽到女子的問題，葛雷奇用手指摸過有一大條裂痕的右頰。

「這個嘛……那個毛頭小子也就算了，但是對讓這張臉更有男子氣概的混帳，我打算總有一天絕對會好好回禮。」

「直接和你動手的人是哈朗上尉吧？不過，要是約翰當時沒有介入，我想你一定會戰死或是被槍斃……」

「是啦，當然那是我受了恩情，不過名譽的問題總該另當別論。」

「嗯～或許是因為我是女性吧？有時候實在無法理解你的主張……」

女子邊嘆氣邊搖了搖頭，這時，停在她肩上的愛鳥突然叫了一聲。察覺出牠的意思，女子的視線轉向上風處。

「——風似乎會變強，先讓船員準備縮帆作業應該比較保險。」

「畢竟米札伊的預報不會錯。好啦，要是變強的風也能把戰鬥一起送來就好了。」

「侵入帝國領海的僚艦很快就會帶著答案回來……不過葛雷奇，現在的任務是要保護此海域，所以保持這狀態不要發生戰鬥才是最好的情況喔？」

「嗯，我明白。但是不管是少將大人還是我，年紀都沒有老到願意乖乖接受無聊吧？」

「我並沒有那樣想。如果總有一天會到來的和平代表永遠的無聊，那麼我打算鄭重地接受那結果。」

「既然如此，那麼在那一天到來之前，要是沒痛快大鬧一場不就虧了嗎？」

葛雷奇半開玩笑地這樣說完，就敬了一禮轉身離開。以視線目送他遠去的女子露出似乎帶著無畏的微笑，接著看向水平線的另一端。

「……嗯，他的意見也有道理。我和約翰雖然比任何人都深刻體認到所謂戰爭總是一場空——但正因為如此，如果是為了讓終局早日到來的戰鬥，或許該主動去引來吧。」

肩上的米札伊回應般地叫了一聲，高漲的戰意讓她的嘴角往上拉起。

「歡迎你們隨時放馬過來，帝國軍。當這份無聊被打破之時，我將會化為老鷹化為海鷗，為了終結你們的性命而飛翔。」

必勝的宣言傳向大海……齊歐卡海軍少將，第四艦隊司令官艾露露法伊・泰涅齊謝拉。過去東方的小國「拉歐」曾和約翰・亞爾奇涅庫斯的故國帕猶希耶以兩敗俱傷的形式一起滅亡——而她就是以生存於該地的「鷹匠之民」為祖，齊歐卡海軍唯一的女性司令官。

〈完〉

後記

大海真是浩瀚廣大啊，不過話說起來好一陣子沒看到海了……大家好，我是宇野朴人。

本書是系列第四集！哼哼哼，終於踏進未知的領域。如果用動作遊戲來比喻，就是登場敵人和關卡氣氛都和前面完全不同的第四舞台，必須慎重行事。哎呀，真的不能粗心大意……嗚啊（嘟嘟嘟嘟）。（註：電玩遊戲「洛克人」死掉時的音效。）

……好痛啊……不過這樣一來，這個後記部分感覺也需要更新一下。雖然內心有個聲音對我低語，建議我可以寫點有用的情報好稍微回饋各位讀者，不過需要這類情報時上網去找反而快得多的現象就是所謂「現代」的特徵。

那麼，我宇野朴人要故意和時代反向而行！來聊聊2D動作遊戲吧！

咦？都到這時代了還提2D動作遊戲？討厭啦有夠落伍～如果您這樣想……呃，我也沒想到該怎麼反駁，所以請以寬大胸懷來配合一下。

總而言之，我對這類型的遊戲再度燃起熱情。契機是在網路上免費公開的「洞窟物語」這款遊戲。我最近瘋狂迷上了這個，也因此在相隔許久後，又再度為了攻略遊戲而忘記睡覺。這款遊戲的公開時間是二〇〇四年，之後也曾在很多地方多次成為話題，所以我想應該有不少人聽說過。當然，對於「怎麼到現在才講這個！」的意見我會當作沒有聽到。

目前我手邊有還算齊全的遊戲主機。有PS3有Xbox360也有Wii，所以如果想享受現代才能製作出的美麗畫面，可說是要多少就有多少。在這種狀況下隔很久才又瘋狂迷上的遊戲，居然是散發出強烈紅白機時代風味的「洞窟物語」，這點連我自己都感到很驚訝。

理由是什麼呢？到現在，當然不必再特地強調作品本身有多優秀。然而不僅如此，我想應該也受到了自身經驗的影響。為什麼這麼說呢？是因為我在童年時期「幾乎沒有靠自己全破過」超級瑪利歐和洛克人還有魔界村等遊戲。在別人背後屈膝坐正並旁觀攻略狀況才是我的固定位置。在這種情況還沒改變前，3D的時代就已經來臨。

回想起這些事情的過程中，我察覺到一件事。結果我是對「2D動作遊戲」這種類型本身抱著「未完成」的感受吧？大概是因為在兒時沒能嘗到「打不倒的空氣人」的那種感覺，所以直到現在還會無意識地去追求吧。（註：「打不倒的空氣人」（エアーマンが倒せない）是一首同人歌曲，歌詞主要是在敘述無法打倒電玩「洛克人2」中的敵人「空氣人」。）

……啊，糟了，空間不夠了！接下來要進入照慣例的結尾！

さんば挿老師，謝謝您這次也提供了美妙的插圖。封面的兩人可愛到了極點！責任編輯的黑崎編輯，還請您以後也能繼續給予指導！

那麼當然，我要在此對拿起這本書的您致上最誠摯最真心的感謝！

宇野朴人

Kadokawa Light Novels

藤まる
illustration H2SO4
我將在明日逝去，
Tomorrow, I will die. You will revive.
而妳將死而復生
3
Kadokawa Fantastic Novels

我將在明日逝去，而妳將死而復生 1~3 待續

Kadokawa Fantastic Novels

作者：藤まる　插畫：H_2SO_4

用你剩餘的所有壽命來讓她復活吧？
人格轉換青春喜劇感人大結局！

酷似小混混的秋月每隔一天便會被美少女小光占據身體。雙心同體的破天荒生活面臨了空前的危機！秋月愛上只能透過交換日記交談的小光，即將面對最終的抉擇——為了拯救壽命一點一滴消逝的小光，秋月四處奔波……兩人做出的抉擇是!?

各 NT$200~220/HK$60~68

台灣角川

葵せきな
Illustrator Nino
我的
bokuno yusha
勇者
3
Kadokawa Fantastic Novels

Kadokawa Light Novels

機關鬼神曉月 1 待續

Kadokawa Fantastic Novels

作者：榊一郎　插畫：Tony

榊一郎×Tony×海老川兼武
三大名師聯手出擊，打造最磅礴的和風機甲奇譚！

天下由「豐聰」移權至「德河」，征戰無數的巨型機關甲冑已無用武之地。然而，挺身力抗這股洪流，少年曉月操縱黑色機關甲冑〈紅月〉討伐仇敵，直到他巧遇了謎之少女沙霧——當這段宿緣相繫，盤踞國家的黑暗勢力便有所行動！新風貌戰國誌初卷登場！

各 **NT$180/HK$55**

台灣角川

Kadokawa Light Novels

6天6人6把槍 1 待續

Kadokawa Fantastic Novels

作者：入間人間　插畫：深崎暮人

六把槍當中有一把是假槍？
命運的俄羅斯輪盤開始轉動……

黑田雪路，二十出頭的殺手。岩谷香菜，大學六年級，廢人。首藤祐貴，高三，正在跟蹤單戀對象。時本美鈴，小學六年級，打算殺掉討厭鬼排行榜第六名。綠川圓子，陶藝家，妙齡女子。花咲太郎，蘿莉控不靈光偵探。六人的命運將圍繞著六把手槍轉動——

NT$180/HK$55

台灣角川

Kadokawa Light Novels

魔劍的愛莉絲貝兒 1~2 待續

Kadokawa Fantastic Novels

作者：赤松中學　插畫：閏月戈

強大的魔女襲來！
唯一與之對抗的方法竟是……同居？

靜刃那「沒有血緣關係的姊姊」矢子到來。美麗溫柔，身為白魔女的本領值得信賴。愛莉絲貝兒因為嫉妒而萌生敵意。

此時學校的女王，學生會長瑠姬赫莉茲向靜刃提出決鬥。貘對此擬定的作戰，竟是要讓靜刃與矢子共處一個屋簷下……？

各 **NT$200~240/HK$60~75**

台灣角川

Kadokawa Light Novels

F 1 待續

Kadokawa Fantastic Novels

作者：糸森 環　插畫：鈴ノ助

「我發誓一定會守護妳，並獻上我的赤膽忠心。」
被命運選中的兩人，攜手從終焉迎向黎明——

突然被召喚到異世界的三島響，被自稱「福君」的人物宣告選擇了她作為繼承人候選，並將她送到已荒廢的世界——艾普利爾。接受了眾神庇護的響，在那裡救了騎士路伊一命；而他正是在幽鬼肆虐的世界中，唯一倖存的人類——

台灣角川

NT$180/HK$55

Kadokawa Light Novels

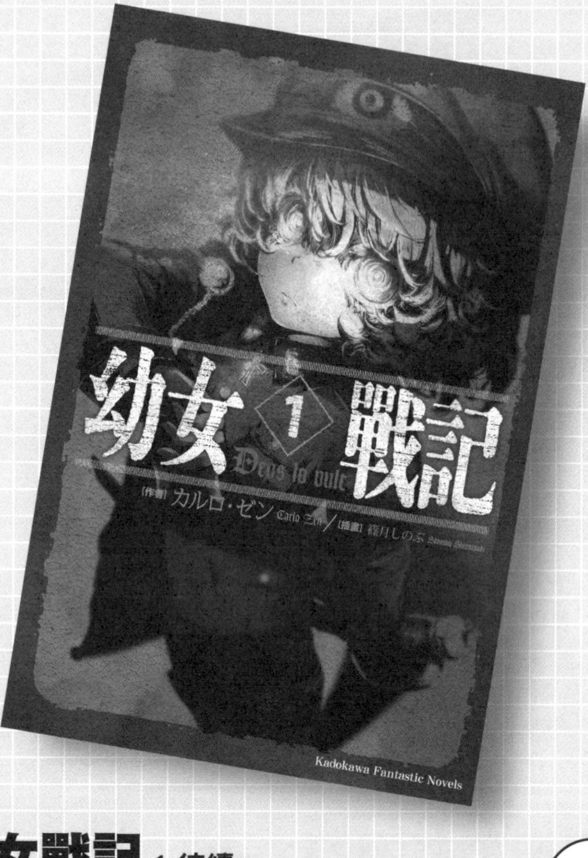

幼女戰記 1 待續

Kadokawa Fantastic Novels

作者：カルロ・ゼン　插畫：篠月しのぶ

身處戰爭前線的指揮官，竟是一名年幼少女!?
融合軍武及科幻的超人氣網路小說，實體化上市！

有著金髮碧眼與白皙肌膚的幼女——譚雅．提古雷查夫，翱翔天際，殘忍無情地擊墜敵軍。然而她的真實身分，卻是在神的失控下轉生成為幼女的菁英上班族。把效率與出人頭地看得比什麼都還重要的她，逐漸成為帝國軍魔導師當中最危險的存在——

NT$280/HK$85

台灣角川

國家圖書館出版品預行編目資料

發條精靈戰記 : 天鏡的極北之星 / 宇野朴人作 ;
K.K.譯. -- 初版. -- 臺北市 : 臺灣角川, 2014.05-
冊 ; 公分
譯自 : ねじ巻き精霊戦記 天鏡のアルデラミン
ISBN 978-986-325-929-9(第1冊 : 平裝). --
ISBN 978-986-366-121-4(第2冊 : 平裝). --
ISBN 978-986-366-219-8(第3冊 : 平裝). --
ISBN 978-986-366-376-8(第4冊 : 平裝)

861.57 103005981

Kadokawa
Fantastic
Novels

發條精靈戰記

天鏡的極北之星 4

（原著名：ねじ巻き精霊戦記 天鏡のアルデラミンⅣ）

2015年3月27日 初版第1刷發行
2016年7月18日 初版第2刷發行

作　者：宇野朴人
插　畫：さんば挿
日版設計：AFTERGLOW
譯　者：K.K.

發行人：加藤寛之
總　監：施性吉
總編輯：蔡佩芬
主　編：吳欣怡
文字編輯：黎夢萍
資深設計指導：黃珮君
設計指導：許景舜
美術設計：胡芳銘
印　務：李明修（主任）、張加恩、黎宇凡、張則蝶
發行所：台灣角川股份有限公司
地　址：105台北市光復北路11巷44號5樓
電　話：（02）2747-2433
傳　真：（02）2747-2558
網　址：http://www.kadokawa.com.tw
劃撥帳戶：台灣角川股份有限公司
劃撥帳號：19487412
法律顧問：寰瀛法律事務所
製　版：巨茂科技印刷有限公司
ISBN：978-986-366-376-8
香港代理：香港角川有限公司
地　址：香港新界葵涌興芳路223號
新都會廣場第2座17樓 1701-02A室
電　話：（852）3653-2888